Gert Jonke, geboren 1946, lebt in Wien.
Während der Mittelschule Klavierausbildung am Landeskonservatorium Klagenfurt, ab 1968 verschiedene Studien in Wien.
Längere Aufenthalte in London, Argentinien, Deutschland; 1980 Stadtschreiber in Graz.
Ingeborg Bachmann Preis 1977, manuskripte-Preis 1984, Österreichischer Staatspreis für Literatur 2001.
Zuletzt erschien *Redner rund um die Uhr* (2003).

Dieses Buch ist Teil des Projektes ›Sprachmusik‹ im Rahmen von ›GRAZ2003 – Kulturhauptstadt Europas‹.

Gert Jonke

Chorphantasie

Konzert für Dirigent auf der Suche nach dem Orchester

Literaturverlag Droschl

PERSONEN:

Der Dirigent
Der Hausmeister, Herr Mairitsch
Rudolf Streichquartett, sein Neffe
Joachim Josef, der Konzertmeister
Chor
Orchester

1.Satz

Allegro ma non troppo

Der Dirigent tritt auf. Das Orchester ist immer noch nicht da. Am Podium vorbereitete Bestuhlung für ein Orchester gemäß internationaler Sitzordnung. Der Dirigent ignoriert die Abwesenheit des Orchesters und beginnt das Publikum zu dirigieren. Ihm bliebe wohl auch sonst nicht viel übrig, also setzt er sein gesamtes Glück auf eine einzige Karte, nicht mehr, nicht weniger.
Nach und nach gefällt es ihm, das Publikum zu dirigieren, und dem Publikum gefällt es, sich vom Dirigenten gut und professionell dirigieren zu lassen. Weiter so.

Dirigent: Sie schauen alle gleichzeitig, jetzt, hierher, auf diese Spitze da! Genauer schauen! Schauen Sie gefälligst genauer, Sie sehen ja diesen Stab, den ich in der rechten Hand hier halte. Nur die Spitze des Stabes ist für Sie interessant, und ich bitte Sie, diese Spitze nun in der folgenden Zeit Ihres Lebens nicht mehr aus Ihren Augen zu lassen. Keine Angst, die Spitze dieses Stabes, auch wenn Sie Ihnen in die Augen stechen sollte, sticht dennoch niemals zu. Sollte sie dennoch einmal zustechen, wird kein einziges Auge davon verletzt. Nur ein einzelner verloren gegangener Blickfaden wird von dieser Spitze eingesammelt und allen anderen Blicken wieder zugeordnet.
Sehr gut, Sie sind also bereit, mir zu folgen, und verstehen, was ich meine, und scheinen somit zu ahnen, was für Sie nicht nur gut sein wird, sondern am besten.

Kein Problem, daß das Orchester noch nicht da ist.
Sie sind ja da, obwohl von draußen eine Überschwemmung droht. So. Und jetzt alle gemeinsam einatmen – ja, ja, den Atem anhalten – und jetzt alle gleichzeitig ausatmen, gleichzeitig habe ich gesagt, nicht derart verstottert hintereinander. Ab jetzt wird gezählt. Mitgezählt. Einatmen und Ausatmen. Eins, zwei, drei, vier. Eins, zwei, drei, vier. Und jetzt wieder ausatmen. Auf eins, Achtung jetzt, jawohl: drei, vier, und noch immer atmen wir aus, bis wir alle ganz leer sind.
Jetzt sind wir ganz leer. So leer, daß Ihnen die Lungenflügel deutlich fühlbar durch die Brustkästen baumeln wie zwei Wischfetzen, die ein Stiegenhaus gewischt haben und jetzt in der Dunkelheit der Besenkammer davon träumen, Lungenflügel in Ihrem Brustkasten zu sein.
Und jetzt wieder einatmen, zugleich im Takt, im Schritt, Marsch: drei, vier, eins, zwei, drei, vier, eins, zwei. Jetzt wieder einatmen und die Luft kurz anhalten.
Und jetzt beginnen wir damit, auch die Augen atmen zu lassen: Augen atmen eher Licht als Luft, wie Sie ja wissen. Ihre Augen saugen also das Licht in sich hinein. Kopfeinwärts schauend Licht einsaugen und wieder ausstoßen – das Licht wieder ausatmen. Falls Ihnen das lieber ist, verflüssigen Sie meinetwegen das Licht, bevor es von Ihren Augen eingeatmet wird, und geben Sie es Ihren Augenäpfeln zu trinken, um den Durst Ihres Schauens zu stillen. Eins, zwei, drei, vier. Und jetzt werden Sie auch zusätzlich mit den Ohren atmen.
Natürlich werden Ihre Ohren keine Luft einatmen, sondern den Schall, das ist doch ganz klar. Und natürlich im Takt – zwei, drei, vier – atmen alle Ohren gleichzeitig, einhorchen und aushorchen, und alle Ohren beginnen Schall zu saugen,

als würde man mit der Lunge Luft abpumpen, stattdessen Schall absaugen mit den Ohren. Alles Hörbare tief einhorchen und wieder aushorchen. Aus der Tiefe des Raumes mit den Ohren das Schweigen aus dem Konzertsaal pumpen, bis der Kopf ganz voll davon ist. Und kopfauswärts wieder hinauspumpen. Und genau im Takt, bitte! Genauer herhorchen und herhören bitteschön! Daß alle hier anwesenden Ohren wirklich so horchen und nur das hören, was genau von meinem Taktstock dirigiert wird! Achtung, fertig, jetzt geht's gleich los: Allegro ma non troppo.
Jetzt Figur und Gestalt des ersten Themas im ersten Satz der Symphonie von der Spitze des Taktstocks aus der Luft ablesen: der Flug eines Vogels, den wir lesen, und was wir daraus lesend als unsere Zukunft erkennen – einhorchen, aushorchen, zwei, drei, vier.
Jetzt ist der letzte Ton des Themas endlich in den Ohren verschwunden und vollständig eingeatmet – kopfeinwärts in die Lunge des Gehörs abgesaugt.
Und jetzt aushorchen, ausatmen, Klangschmutzreste zwischen den Tönen kopfauswärts horchen, herausstoßen und auskopfen. Schmutzigen Klangabfall aus den Ritzen zwischen den Tönen herausfiltern. Und jetzt wieder kräftig einhören, einatmen.
Bleiben Sie ruhig, Sie machen das ganz richtig, und Sie werden sehen, ab jetzt spielt sich ohnehin die ganze Symphonie Satz für Satz wie von selbst. Weil Sie alle gar nicht mehr anders können werden, als die Symphonie in sich ertönen zu lassen, die jetzt von Ihnen einfach Besitz ergreift und Sie alle nicht mehr locker lassen wird.

In Richtung des seitlichen Ausgangs, wo sich der Hausmeister des Konzerthauses irgendwo versteckt hat:

Ich habe Sie schon gesehen, Herr Mairitsch. Sie müssen sich nicht länger dort hinten verstecken. Treten Sie bitte näher. Keine Angst, Sie stören niemand und nichts mehr. Niemand wird Sie sehen oder erkennen, weil ich diesen Verein inzwischen schon ganz unter der Fuchtel habe. Nicht so zaghaft, Sie wissen ja, daß die Wirkung der Hypnose, unter der die Leute stehen und der alle freiwillig sich unterordnen, um unsere Symphonie aufzuführen, voll eingesetzt hat. Niemand der hier Anwesenden kann Ihre Anwesenheit bemerken, weil Sie außerhalb der Symphonie stehen. Sie können machen, was Sie wollen, und mir zum Beispiel berichten, was es Neues gibt.

Der Hausmeister ist inzwischen erschienen, sehr zögerlich von der Seite.

Hausmeister: Warum höre ich keinen einzigen Ton der Symphonie? Warum höre ich nichts davon? Wohl weil ich völlig unmusikalisch bin und Schweinsohren habe.

Dirigent: Das macht nichts, Herr Mairitsch, daß Sie nichts hören, das macht wirklich nichts. Mir ist es sogar lieber, daß Sie nichts hören. Dafür bleibt Ihr Ohr exklusiv für mich reserviert. Es ist gewiß dringender, daß Sie mir zuhören. Falls ich Ihnen aus der Symphonie heraus etwas Dringendes zu sagen habe, können Sie es gleich für mich in die Wege leiten. Wir alle hier befinden uns nämlich in einem der empfindlichsten Abschnitte des Lebens, den man sich vorstellen kann.

Hausmeister: Herr Musikdirektor, ich weiß jetzt nicht, was Sie genau damit meinen, und verstehe Sie schon wieder einmal nicht ganz. Aber wie Sie ja wissen, macht mir das nichts. Ist es wieder so was Ähnliches wie »die Lunge der Seele«, von der Sie mir einmal erzählten, sie befände sich irgendwo zwischen den Ohren, irgendwo im hinteren Teil des Kopfes, und sie atme nicht die Luft wie die normale Lunge im Brustkasten, sondern atme stattdessen den Schall, und zwar nicht durch die Nasenlöcher, sondern durch die beiden Ohren? Auch das verstehe ich noch immer nicht, glaube es Ihnen aber trotzdem sehr gerne.

Dirigent: Ach ja, das freut mich. Damals aber sagten Sie was von einem Arzt, zu dem ich gehen sollte, ein Ohrenspezialist oder so. Warum dachten Sie, das wäre gut für mich? – Mir fehlte nichts.

Hausmeister: Nein, nein, es fehlte Ihnen gar nichts. Aber ich wollte Ihnen meine Meinung, daß unsere Ohren nicht atmen, sondern hören, keineswegs aufdrängen. Und ich dachte mir, daß dieser berühmte Arzt Ihnen das sicher auf angebrachteste Weise erklären würde. Ich weiß ja selbst, daß so ein Arzt, wenn er einen seziert, um nach der Seele zu suchen, eine solche Seele niemals fände und dennoch nicht abstreiten würde, daß wir eine Seele haben, von der wir nichts wissen. Es will mir nur nicht in den Kopf, warum so eine Seele, von der wir nichts wissen, auch gleich eine Lunge haben sollte, von der wir noch viel weniger wissen.

Dirigent: Haben Sie bitte etwas Geduld, Herr Mairitsch, ich muß mich kurz wieder der Symphonie zuwenden. Bleiben Sie bitte da und rennen Sie nicht gleich wieder weg. Ich muß Sie ein paar wichtige Sachen fragen.

Wendet sich wieder den von ihm Dirigierten zu.

Zwei, drei, vier, fünf, sechs. Im Takt bleiben und nicht aus dem Rhythmus fallen, meine Damen und Herren, wenn ich vorhin das erste Thema halbwegs sicher in Ihre Ohren hineingeschoben habe, so daß auch der letzte Ton des Themas glücklich in den Köpfen steckt und für die Dauer der Symphonie fest verankert ist, von der Lunge der Seele gewissermaßen eingeatmet, so ist das noch lange kein Grund, die Zügel locker zu lassen. Also einatmen und ausatmen. Und jetzt schieben wir dem Thema ein paar Takte Stille nach, damit das Thema Raum gewinnt, sich seiner selbst sicher wird und aller seiner Töne noch einmal nachsinnend gewärtig wird. Zwei, drei, vier, fünf, sechs. Und jetzt mit den Augen ausgiebig Licht trinken, und zwischendurch die Luftatmung mit der Luftlunge nicht vernachlässigen. Und jetzt möchte ich in den mittleren Reihen dort von Ihnen, meine Damen und Herren, etwas Baßunterstützung von den Hörnern und auch den Posaunen – aber vergessen Sie mir nicht, die Schalltrichter zu stopfen. Ja, auch Sie dort hinten mit dem Kontrafagott, Herr Schleifer in der siebenten Reihe, blasen Sie mir unserem ersten Thema doch zur Begrüßung, nein, keine Fanfare, sondern wie die tiefen Nebelhörner der Schiffe, die in den Hafen einlaufen – Sie wissen schon, was ich meine – eine spiegelglatte Wasseroberfläche eines völlig eingeschlafenen Meeres für den lang erwarteten Sonnenaufgang!

Und das erste Thema, das jetzt noch einmal ertönt, gemessenen Schrittes, zwei, drei, vier, und weit hinausschauen, weit über die Wasserfläche mit dem Thema vorausschauen und wieder zurückschauen, fünf, sechs, eins, zwei, drei, und das Pizzicato der Kontrabässe hinten ganz hart anreißen! Jetzt setzt das Thema plötzlich zu einer Umkehrung seiner selbst an, als wollte es sich in Frage stellen! Einhorchen und aushorchen. Diese Unsicherheit muss man abstellen – weiter genau im Takt, indem man das Thema wieder zu sich führt. Wo kämen wir denn hin, wenn ein Thema, kaum aufgetaucht, sich gleich wieder derartig in Frage stellen wollte? Dazu lassen wir es gar nicht erst kommen. Wir erschrecken das Thema, indem wir es disziplinierend vor die Aufgabe stellen, aus sich selber gleich eine Fuge aufzubauen. Ein kurzes Fugato, indem wir das Thema, kaum ertönt, gleich in der fünften Stufe sich selber hinterhertönend von sich selbst verfolgen lassen, so daß es gezwungen ist, um nicht von sich selber eingeholt und ausgelöscht zu werden, sich mit der gespiegelten Umkehrung seiner selbst zu verkleiden, und so unerkannt hinter sich selber zu hüpfen und vom Verfolgten zum Verfolger seiner selbst zu werden.

Eine Zeitlang immer wieder wiederholend:

WIR KÖNNEN DAS ALLES NICHT MEHR HÖREN!
SIE HABEN AUS DER LUFT DAS RAUSCHEN DES WINDES VERTRIEBEN!
SIE HABEN DEM WIND DAS HEULEN SEINER SCHLOSSHUNDE AN DIE KETTE GELEGT!
SIE HABEN DEN BÄUMEN DAS RAUSCHEN DER WÄLDER VERBOTEN!
UNSEREN SEEN HABEN SIE DAS GEPLAPPER DER WELLEN UND DAS GEPLÄRRE DES WASSERS GELÄHMT!
SIE HABEN DEN OHREN DIE STILLE VERBOTEN!

So, Herr Mairitsch, jetzt läuft die Symphonie wieder wie von selbst weiter. Wo waren wir stehen geblieben? Bei der »Lunge der Seele«. Und Sie fragten, warum ich der Seele eine Lunge verpasse, und warum ich nicht einfach »Seele« sage, sondern

»Lunge der Seele«. Nun, weil ich glaube, daß sich unsere Seele nur zu einem Teil in uns befindet und zu ihrem anderen Teil außerhalb von uns irgendwo da draußen, oft sehr weit weg. Ich glaube, daß bei manchen Leuten der zweite Teil ihrer Seele irgendwo im nördlichen Eismeer schwimmt und bei manchen Leuten wiederum sich in der Wüste Gobi herumtreibt. Auch wenn die beiden Teile noch so weit voneinander entfernt sein sollten, sind sie mit einem unsichtbaren Schlauch wie mit einem Gummiband untrennbar miteinander verbunden. Es gibt natürlich auch Leute, deren zweiter Seelenteil ihnen ganz nahe liegt. Manchen hängt die Seele ständig aus dem Hals durch den Mund auf den Boden und wird während des Gehens von den eigenen Füßen vor sich her getreten. Ich werde Ihnen aber nicht begründen, warum das so ist. Glauben Sie mir einfach.
Der Direktor des Konzerthauses hat sich bei Ihnen nach mir erkundigt.

Hausmeister: Ja, Herr Musikdirektor, der Herr Konzerthausdirektor hat mich gefragt, ob es mir gelingen könnte, Sie von der Abhaltung ihrer heutigen Veranstaltung abzuhalten, aber ich habe ihm gleich geantwortet: Nein, Herr Direktor, das glaube ich nicht. Ich glaube nicht, daß es mir gelingen kann, den Herrn Musikdirektor von der heutigen Veranstaltung abzuhalten. Aber können Sie es nicht dennoch versuchen, erwiderte er darauf. Aber wie Sie wissen, habe ich nicht einmal versucht, Sie von der Abhaltung der heutigen Veranstaltung abzuhalten.

Dirigent: Da lagen Sie völlig richtig, Herr Mairitsch. Sie hätten mich durchaus nicht von der Abhaltung der heutigen Veranstaltung abhalten können. Aber da der Konzerthausdirektor doch weiß, daß er mir vertrauen kann, ist dies ohnedies ohne jeden Belang. Wir können uns also gegenseitig aufeinander verlassen, ohne daß wir irgendwann voneinander verlassen sind. Es ist allerdings für ihn leichter, sich auf mich zu verlassen, als für mich auf ihn, insbesondere da der internationale Ruf des Konzerthauses sehr nachgelassen hat. Und sollte er mich eines Tages nicht mehr haben, hat er gar nichts mehr. Was mich abhält, von hier wegzugehen, ist vor allem das Orchester, an dem ich hänge und das ich praktisch allein aufgebaut und zu einem der weltbesten Orchester in Kleinarbeit hochgezogen habe, und mit dessen Mitgliedern ich eine verschworene Gemeinschaft bilde.

Hausmeister: Schade, daß Sie vor ein paar Jahren, als man es Ihnen angeboten hat, nicht auch Direktor des Konzerthauses geworden sind, und dessen Intendant. Dann hätten Sie es jetzt vielleicht ein wenig leichter. Dann hätten Sie jetzt noch etwas in der Hinterhand.

Dirigent: Ja, was glauben denn Sie, wer ich bin, daß ich denen die ganze andere Drecksarbeit auch noch gemacht hätte. Ich bin ja nicht total verblödet. Und Sie meinen, ich hätte jetzt gar nichts mehr in meiner Hinterhand?! Sie meinen, weil man mich als Orchesterleiter abgesetzt hat, von Seiten einer ignoranten Kulturbehörde. Was war denn die Folge dann? Ist denen das wirklich gelungen, glauben Sie das?! Glauben Sie das wirklich?

Hausmeister: Nein. Natürlich nicht, Herr Musikdirektor.

Dirigent: Sondern was ist stattdessen passiert? Das Orchester hat sich hundertprozentig hinter mich gestellt und hat für mich gestreikt. Man lasse sich das nicht gefallen und werde keinen anderen Orchesterleiter akzeptieren als mich. Daraufhin hat man das Orchester aufgelöst. Worauf ich das Orchester als Privatmann angestellt habe und aus meiner Privatschatulle bezahle. Die haben es somit nicht geschafft, mich loszuwerden. Was also wollte der Konzerthausdirektor mir durch Sie besonders dringend mitteilen?

Hausmeister: Das wissen Sie doch, Herr Musikdirektor, Sie sollten sich ausnahmsweise heute dazu überreden lassen, Ihre heutige Veranstaltung nicht abzuhalten. Auch in allen anderen Sälen findet heute nichts statt.

Dirigent: Aber warum denn ausgerechnet heute?

Hausmeister: Ich glaube, weil der Herr Sicherheitsdirektor beim Herrn Konzerthausdirektor war. Der Herr Sicherheitsdirektor soll sich beim Herrn Konzerthausdirektor ganz dringend dessen versichert haben, daß heute keine einzige Veranstaltung vor sich geht. Und der Sicherheitsdirektor soll ausdrücklich Sie namentlich erwähnt haben. Er soll dem Konzerthausdirektor erklärt haben, daß er sicher sein müsse, daß auch der Musikdirektor, und er nannte Ihren Namen, heute nicht hier sein dürfe. Wissen Sie übrigens, daß der Sicherheitsdirektor dann auch noch bei mir gewesen ist? Natürlich ganz heimlich und hinten herum.

Dirigent: Ja, was wollte der denn von Ihnen?

Hausmeister: Stellen Sie sich vor, Herr Musikdirektor, ich habe ganz den Eindruck, daß der Herr Sicherheitsdirektor mich über Sie aushorchen wollte.

Dirigent: Nun, und was haben Sie ihm über mich gesagt?

Hausmeister: Ja, was glauben denn Sie, natürlich habe ich ihm nichts gesagt. Und natürlich hat er sich damit nicht zufrieden gegeben.

Dirigent: Und was haben Sie ihm dann gesagt? Sagen Sie, was wissen Sie eigentlich über mich, was man dem Sicherheitsdirektor so über mich sagen könnte?

Hausmeister: Natürlich weiß ich nichts über Sie, was hätte ich ihm sagen sollen? Und als er nicht zufrieden war, daß ich nichts über Sie sagte, habe ich ihm über Sie derart nichtssagende Sachen gesagt, daß ich dabei noch weniger über Sie sagte, als wenn ich wie vorher nichts gesagt hätte.

Dirigent: Und hat er Ihnen zugehört?

Hausmeister: Ja, erstaunlicherweise hat er höchst interessiert zugehört.

Dirigent: Na, sagen Sie einmal, was sagten Sie denn so?

Hausmeister: Ich weiß es wirklich nicht mehr, Herr Musikdirektor. Es war derart nichtssagend, daß ich es selbst Ihnen nicht mehr sagen könnte, und außerdem weiß ich wirklich nichts über Sie, und dennoch verehre ich Sie ganz außerordentlich und bewundere Sie in jeder Hinsicht, obwohl mir nichts an Ihrer Insgesamtheit dadurch irgendwie verständlicher würde. Weil ich glaube oder spüre, daß Sie ein ganz besonderer Mensch sind. Schade, daß Sie nicht auch Direktor des Konzerthauses sind, das würde alles erleichtern.

Dirigent: Schon gut, Herr Mairitsch, aber was glauben denn Sie, warum man das Konzerthaus heute so leer haben wollte, daß selbst der Sicherheitsdirektor persönlich sich darum sorgte? Das kann ich nicht verstehen. Es ist doch nicht wegen der Flut. Man weiß doch, daß es unmöglich ist, daß das Hochwasser das Konzerthaus je erreichen kann, das Gegenteil zu behaupten wäre blanker Unsinn.

Hausmeister: Ich glaube, es ist dennoch das Hochwasser, Herr Musikdirektor. Man müsse mit allem rechnen, erklärte ein Experte im Rundfunk.

Dirigent: Sagen Sie, Herr Mairitsch, halten Sie es nicht für möglich, daß die jetzt alle übergeschnappt sind? Die spinnen ja, die sind alle von einer räudigen Wildsau gebissen worden. Ja, das sind sie!

Weiter die Symphonie dirigierend.

MAN KANN DAS ALLES NICHT MEHR HÖREN!
WARUM WOLLEN SIE ALLEN OHREN WIE LANGE NOCH WEITER DIE EIGENE STILLE VERBIETEN?
WER HAT DER LUFT DAS HEULEN DES WINDES VERBOTEN?
GEBT DEM WIND, DER EINMAL HEULTE WIE EIN SCHLOSSHUND, DAS HEULEN SEINER SCHLOSSHUNDE ZURÜCK!
SIE HABEN IHM SEINE SCHLOSSHUNDE AN DIE KETTE GELEGT!
LASST UNS DIE SCHLOSSHUNDE DES WINDES AUS DEN ZWINGERN DER TIERQUÄLERASYLE BEFREIEN!
WANN WERDEN SIE DEN BÄUMEN DAS RAUSCHEN DES WALDES ZURÜCKGEBEN?

WANN WERDEN SIE UNSEREN SEEN DAS GEPLAPPER DER WELLEN UND DAS GEPLÄRRE DES WASSERS ZURÜCKGEBEN?

Zwei, drei, vier, fünf. Das war gut und das war kräftig, meine Damen und Herren! Etwas sauberer hätte ich mir die Fanfare gewünscht, mit der wir jetzt zum dritten Mal das erste Thema gewissermaßen vom Stadtrand hinaus ins ganze Land geblasen haben. Wir haben unsere Meinung deutlich der Obrigkeit mitgeteilt, daß jeder es hätte hören können. Sitz zwölf schleppte unnötig nach. Das ist schade, denn das hat unserer Absicht ein wenig von ihrer Entschlossenheit genommen. Ich glaube, Sie spucken zu viel in ihr Horn hinein, Herr Priesnitz. Sie müssen Ihren Mundansatz korrigieren. Denken Sie doch an Ihr Instrument, und das betrifft im Übrigen alle Bläser, zwei, drei, vier, fünf, sechs, bedenken Sie, meine Damen und Herren Blechbläser, was Ihr Instrument alles von Ihnen zu erleiden hat. Im Grunde genommen wird so ein Blechblasinstrument während des Spielens von Ihnen pausenlos vollgespuckt. Sie bemerken es ja selbst, wenn Sie den Schalltrichter Ihres Instrumentes nach dem Konzert über dem Konzertpodium ausschütteln und ausleeren. Die Konzertpodien der ganzen Welt sind vom ausgeschütteten Speichel der Blechbläser überall richtiggehend gebeizt. Das können Sie, wenn sie den Boden genauer anschauen, überprüfen. Und bei den meisten Blechbläsern vieler Orchester habe ich den Eindruck, daß die Instrumente von ihnen weniger gespielt als genotzüchtigt werden. Haben Sie sich schon einmal Gedanken gemacht, ob Sie das auch wünschenswert fänden, wenn jemand Sie zum Mund führt – Sie mundeinwärts voll spuckt, dann nachblasend das Vollgespuckte weiter durchstößt, nur damit auf Ihrer anderen Seite irgendein Ton herauskommt? Verzeihen Sie, meine Damen und Herren, aber dieser Vortrag war schon lange fällig, alles was recht ist!

Und Sie da vorn, meine Damen und Herren ersten Geigen, mit der Assistenz der Bratschen dahinter, eins, zwei, drei, beklagen darauf als zustimmendes Gegen-Echo die allen Ohren allgemein entzogene Freiheit. Nicht nur die Freiheit, hören zu können, was man hören möchte, sondern auch das Grundrecht auf die Stille, auf die eigene Stille nämlich, zwei, drei, vier, fünf, sechs, sieben, obwohl es eigentlich gar keine richtige Stille gibt, genau genommen, weil eine jede Stille nichts anderes ist als ein unendliches Echo und Nachhallen alles je vom Anfang der Welt, dem Urknall bis zum jeweiligen Zeitpunkt der jeweiligen Stille hin jemals Erklungenen.

Hausmeister: Aber der Herr, der dort sitzt, hat gar keine Trompete, in die er hätte spucken können. Oder hat er sie versteckt?

Dirigent *den Hausmeister ignorierend und weiterdirigierend:* Und einhorchen und aushorchen und einatmen und einwärtsschauen und geradeausschauen, zu mir. Zwei, drei, vier, fünf. Sie sollten beim Atmen Ihrer Ohren auf Folgendes achten: Die Luft spült den Schall an Ihre Ohren wie eine Brandung, deren Wellen an die Steilküste Ihres Kopfes spritzen, und die Ohren, die den Schall in die Lunge der Seele saugen, müssen vorher den Schall aus der Luft herausfiltern, damit reiner Schall von der Lunge der Seele eingeatmet werden kann. Daß Sie mir dabei mit den Ohren nicht unnötig schnaufen. Und zwischendurch auch zählen bitteschön. Ich habe sogar schon Leute erlebt, die bei besonders angestrengtem Horchen beim Einhorchen und Aushorchen mit ihren

Ohren plötzlich zu nuscheln angefangen haben. Sechs, sieben, eins, zwei, drei.

Herr Mairitsch, Sie müssen sich etwas gedulden, ich habe gleich wieder Zeit für Sie. Halten Sie wieder kurz Ihren Mund. Das zweite Thema ist jetzt dringender.

Alle Cellisten schauen zu mir her. Sie teilen jetzt sofort der ganzen Welt in einer geschwungenen Kantilene Ihre große Besorgnis mit! Und jetzt: sechs, eins, – sagen Sie schon, was wir alle allen eigentlich sagen wollen und schon längst hätten sagen müssen – schon längst:

JETZT HAT UNSER VERKOMMENES PARLAMENT
EINSTIMMIG BESCHLOSSEN, AUCH DEN GANZEN HIMMEL
ÜBER DEM STAATSGEBIET ZU PRIVATISIEREN!
JAWOHL, UND GLEICH DANACH AN DIE WELTGRÖSSTE WERBEAGENTUR VERKAUFT!
BALD WERDEN AUS DEM OFFENEN HIMMEL HERAB PAUSENLOS
DIE BERÜHMTESTEN SCHLAGERSÄNGER, OPERNTENÖRE
UND FILMDIVAS IN LEICHTER BEKLEIDUNG
DEN GANZEN TAG LANG UND VIELLEICHT AUCH DIE GANZE NACHT
UNUNTERBROCHEN DIE VOLLSTÄNDIGEN LISTEN
DER NEUESTEN VERSANDHAUSKATALOGE
VORLESEN!

Zwei, drei, vier, schön ausschwingen lassen in weiten Bögen. Das war ein vornehmer Klang, geadelt von überragend überzeugender Weltkenntnis.

(*Wieder zum Hausmeister:*) Was wollten Sie vorhin, Herr Mairitsch? Ach ja, Sie meinten diesen Sonntagstrompeter in der fünften Reihe? Nein, nein, das war der Hornist dort, der Herr dort spielt Horn, wissen Sie. Sieht man das nicht deutlich genug? Ja, ja, ich weiß, unsere Blechbläser müssen noch viel lernen und üben, üben, üben …

Hausmeister: Wo hat er denn sein Horn, wohin hat er es denn versteckt?

Dirigent: Aber ich erklärte Ihnen doch schon einmal, Herr Mairitsch, kein einziger hier hat ein Instrument erlernen müssen, es handelt sich um reine Schalldenker, die musizieren, ohne ein Instrument zu benötigen. Als hätten sie das Instrument in sich eingebaut.

Hausmeister: Wir sprachen doch schon einmal über meinen Neffen, Herr Musikdirektor.

Dirigent: Ja, wie geht's ihm denn?

Hausmeister: Ach ja, ich weiß nicht genau, ganz gut, ganz gut. Bis auf das alte Leiden: Sie wissen ja, er trinkt zu viel, er trinkt zu viel und hört nie auf.

Dirigent: Das ist sehr schade, Herr Mairitsch. Ihr Neffe ist einer der begabtesten und musikalischsten Menschen, die mir begegnet sind. Hat er sich das neueste Quartett von Lutoslavski schon angeschaut?

Hausmeister: Ich weiß nicht, Herr Musikdirektor, vielleicht oder vielleicht auch nicht. Warum wollen Sie ihm nicht in Ihrem Orchester endlich einen Posten geben?

Dirigent: Würde ich ja, Herr Mairitsch, würde ich ja, aber das scheitert an einer Kleinigkeit. Das wissen Sie doch. Sagen Sie mir ja nicht, Sie hätten das vergessen. Als was sollte ich ihn denn einstellen, Ihren Neffen, was spielt er denn für ein Instrument?

Hausmeister: Das ist doch ganz klar, er spielt das Streichquartett. Das wissen Sie doch. Wollen Sie mich frotzeln, obwohl ich traurig bin? Das ist nicht schön von Ihnen.

Dirigent: Es tut mir leid, daß Sie traurig sind. Ihr Neffe ist ein bewundernswerter Streichquartettfanatiker. Ich kenne niemanden, der so viele Streichquartette kennt wie er, und selbst die entlegensten Raritäten sind ihm ein Begriff. Er geht ins Geschäft, kauft sich die Partitur eines ihm unbekannten Quartetts, geht nach Hause, legt sich mit ihr ins Bett und liest das Quartett wie die Zeitung, und schon hat er es intus. Er könnte uns beinahe sämtliche Streichquartette der Weltliteratur vorsingen, würde das nicht an der jeweiligen Vierstimmigkeit scheitern. Das wissen Sie doch, Herr Mairitsch.

Hausmeister: Ja, ja, Herr Musikdirektor. Jahrelang sauste er als Reisender durch sämtliche Musikalienhandlungen und Antiquariate des Kontinents, um dort nach ihm noch unbekannten Quartetten zu suchen. Seine ganze Garçonniere quillt über, und die um jeden Zentimeter Platz in den Regalen kämpfenden Streichquartettpartituren pfeifen die höchsten Töne aus den Noten. Aber das ist wohl eher das drohende Delirium, das sich meinem Neffen nähert und das Pfeifen der weißen Mäuse. Er behauptet, er kann dort nicht mehr wohnen.

Dirigent: Daß Ihr Neffe Hilfe braucht, ist sicher. Ich kann ihn aber nicht als Orchestermusiker anstellen, sondern bestenfalls einladen, unter diesen Horchmusikanten Platz zu nehmen, aber dafür kann ich ihm leider nichts bezahlen. Es ist ja so, als hätte Ihr Neffe ein Streichquartett in seinen Brustkasten eingebaut. So wie der Herr dort in der fünften Reihe, der seinen Brustkasten zu einem Horn umgebaut hat.

(Dirigiert wieder das Orchester.) Schön, wie Sie das machen, dieses traurige Ausklingen eines tönenden Geflechtes im hundertfachen Flageolett der Streicher mit der Sehnsucht, jene Länder zu bereisen, die einer so weit entfernten Zukunft angehören, daß wir sie mit der uns verbleibenden Lebenszeit gar nicht mehr bereisen könnten, was aber mit der Musik uns möglich wird. Zwei, drei, vier, fünf, immer leiser und langsamer ausschwingen bitte, bis die flirrenden Kolibrischwärme ihrer Flageolettversammlung zu einem auseinanderstiebenden Haufen Richtung Horizont sich verfernen. Die Tongespinste beschreiben die Landschaft in derart atemberaubender Vollendung, daß man diese Landstriche ohne diese Musik nie erreichen könnte. Selbst wenn wir eines Tages in der Lage wären, diese Landschaften zu erreichen, wären die tatsächlichen Landstriche des unerreichbaren Landes nur ein matter Abglanz, eine maßlose Enttäuschung im Vergleich zu der Musik, wie sie jetzt erklingt.

Unsere Seele, die nur reinen Schall atmet, den wir nicht hören können, weil er von keiner Luft zu uns ans Ohr getragen wird, hört für uns das Unhörbare, ohne daß sie es uns gleich zur Kenntnis bringt. Dennoch wird uns nichts davon vorenthalten, weil wir es in anderer Weise zu spüren und zu fühlen bekommen, indem wir es ahnen. Nur die Lunge

unserer Seele atmet reinen Schall und hört ihn ohne die Schwingungen der Luft. Heißt das nicht, daß unsere Seele hören kann, was wir nie werden hören können und uns damit unhörbar bliebe? So auch die Musik unseres Planetensystems, die uns nie je hörbar werden wird. Natürlich auch die Klänge unserer Milchstraße oder die Musikstücke des Andromedanebels. Aber warum macht sie das, die Seele, oder die Lunge der Seele, und verheimlicht es, weigert sich, es uns zu vermitteln?
Ende der Exposition, Beginn der Durchführung. Auf einmal schneller im Tempo zwei, drei, vier, mit den Augen atmen, Licht einatmen, die Blickfelder begießen, die Vorgärten unserer Augen, diese kleinen Schrebergärten unseres Schauens. Zurückschauen und wieder herschauen und wieder weit ausschauen und wieder zurück tief einwärtsschauen! Viel Licht jetzt trinken in großen Schlucken, das Licht jetzt kopfeinwärts schütten – die Köpfe ganz voll schütten, das flüssige Licht im Kopfinneren aufwärmen – ja, durchaus erhitzen, bis flüssiges Licht verdampft. Licht verdampft viel früher als Wasser, schon bei dreißig, vierzig Grad. Das soll angeblich eine gute Übung zur Konzentration sein, sagte mir einmal ein vertrottelter Therapeut, zwei, drei, vier, fünf, sechs, mitzählen nicht vergessen, und wir werden gleich sehen, ob er damit Recht hat – und jetzt einhorchen eins, zwei – oder nicht, ich meine jetzt den Therapeutentrottel – und aushorchen fünf, sechs, sieben, acht, und immer wieder mitzählen und schauen Sie auch auf die Spitze dieses Stabes, der jetzt einen ganzen Vogelschwarm durch die Luft des Konzertsaales vor sich her treibt.

Hausmeister: Herr Musikdirektor, ich habe, wie Sie wünschten, beim Konzertmeister, dem Herrn Professor Joseph, antelefoniert. Entweder hebt er nicht ab, oder er ist wirklich nicht zu Hause. Auch die anderen Damen und Herren vom Orchester habe ich, wie Sie es wünschten, antelefoniert. Und erreichte nur deren Ehemänner bzw. Ehefrauen, die mir mitteilten, daß ihre Ehefrauen bzw. Ehemänner nicht zu Hause seien oder unterwegs hierher. Oder sie waren nicht zu Hause. Dies sage ich Ihnen nur, weil Sie in Sorge sind, wo die Damen und Herren seien. Die kommen schon noch. Sie werden schon sehen.

Dirigent: Warum ist dieses miese Pack noch immer nicht da? Ich habe jetzt keine Zeit, Herr Mairitsch, wir müssen mit Riesenschritten in die Durchführung der Symphonie. Alles begann mit den Ohrstöpseln, oder waren das Ohrknöpfe? Vor einigen Jahren, zwei, drei, vier, ... Herr Schuschnigg in der letzten Reihe, Ihre leise Paukenmelodie, mit den Schlägen langsam schneller, c, cis, c, cis, c, es, c, es, drei vier, ganz leise weiter. Sie hätten beinahe verschlafen, Herr Schuschnigg.

Hausmeister: Herr Musikdirektor, darf ich Sie was Spezielles fragen: Ich habe vorhin den Herrn Schuschnigg da hinten, den Paukisten, bewundert, der hat ganz toll gespielt, glaube ich. Hat der etwa auch die Pauke im Brustkasten eingebaut, wie die anderen Musiker da?

Dirigent: Was soll ich darauf sagen, Herr Mairitsch, ich weiß es nicht. Wissen Sie, ich kenne den Schuschnigg nicht so lang wie die andern. Der Herr Schuschnigg ist erst seit relativ kurzer Zeit Teilnehmer meines Seminars »Phänomenologie der Musik« und hat in relativ kurzer Zeit die Pauke erlernt. Aber ich weiß nicht, ob er in seinem Brustkasten eine Pauke eingebaut hat oder nicht, dafür bin ich ihm noch nicht nahe genug getreten. Ist das jetzt klar?

Hausmeister: Jawohl, Herr Musikdirektor.

Dirigent: Und nach und nach mit dem Wirbel anfangen: Herr Schuschnigg, Sie legen uns einen weichen Teppich übers Paukenfell mit dem Tremolo Ihrer zitternden Schlegel, die Sie immerhin nicht mehr wie Kochlöffel halten wie noch vor Wochen. Wir wollen ja kein donnerndes Gewitter, sondern nur einen leicht filzigen Teppich. Fünf, sechs, sehr gut ... Die Ohrenknöpfe, die fast jeder zweite kaufte damals und sich die Ohren verstöpselte, entworfen von den bekanntesten Modedesignern der Welt. Aber nicht um den Überfall einer Lärmattacke abzuwehren ... nicht so dick, sondern durchsichtig, kammermusikalische Klarheit. Noch besser aufeinander hören, einander völlig öffnen, daß jeder lesen kann im anderen wie in einem aufgeschlagenen Buch, wie in einer aufgeschlagenen Partitur natürlich. Jeder soll für den anderen so offen sein wie die aufgeschlagene Partitur der Symphonie – indem wir einander öffnen und aufeinander horchen ... Kein Ohropax also, sondern ganz im Gegenteil wurde allen Ohren, die mit solchen Ohrenknöpfen sich verstöpselten, der Kopf ununterbrochen von einer zentralen Funkstation gesteuerter Begleitmusik vollgeschüttet. Auswählbare Musikbegleitung, deren Klangillustration jedem beliebigen Alltagsleben den Charakter eines lebenslang andauernden Heldenfilms zu verleihen hatte, in dem in jeden Kopf, der mit einem Ohrenknopf verstöpselt war, akustisches Schmieröl eingeleitet wurde zur Schallfett-Anreicherung des Kleinlichkeitdenkens, das von diesem Klangdreck einen heldenhaften Glanz verpaßt bekam. So daß sich so ein Ohrenverstöpselter ununterbrochen als der Hauptheld seines täglichen Kitschfilms fühlte und – von Kleinlichkeit zu Kleinlichkeit sich weiter jubelnd – durch diesen Klang verstärkt nicht einmal die Jämmerlichkeit seiner Durchschnittlichkeit wahrnahm, sondern die kitschklangversüßte Armseligkeit der allgemeinen Unterdurchschnittlichkeit, die auf der ganzen Welt zum neuen Standard geworden ist. Durch diesen Schalldreck wurde jeder zum Hauptheld seines eigenen ihm entsprechenden Individual-Unterdurchschnitts. Man weiß ja, was gemeint ist... Zwei, drei, vier, fünf ... Bis eines Tages der Virus einer neuartigen Mittelohrentzündung die Verstöpselten chronisch erkranken ließ, die bald aufs Herz schlug und ins Rückenmark weiterwandernd die an plötzlicher Querschnittslähmung Erkrankten auf offener Straße zum Implodieren brachte. Man mußte ihnen sofort einen Rollstuhl unter den Hintern schieben, in dem die Erkrankten den Rest ihres Lebens zu verbringen hatten. So daß man die Ohrenstöpsel aus gesundheitlichen Gründen verbieten mußte. Das Gesundheitsamt aber empfahl, um die befürchteten massenhaften Entziehungserscheinungen der Entwöhnung von der ohrenverstöpselten Beschallung zu erleichtern, vorübergehend die Einführung öffentlicher Beschallung aller Räume und Landschaften und, als hätte etwas darauf schon längst gewartet, waren blitzartig nicht nur öffentliche Gebäude im Inneren, sondern auch Straßen und Parkanlagen von der Funkstation, die vorher nur die Stöpsel beschallt hatte, beschallt. Auch die Vertonung der stillen unbewohnten Gebiete war schon lange vorbereitet. Man brauchte nur noch auf den Knopf zu drücken.

Jetzt das Fugato des zweiten Themas beginnen, Herr

Trattnig, das Englischhorn und schon geht's los: DAS PARLAMENT HAT EINSTIMMIG DIE PRIVATISIERUNG DES HIMMELS BESCHLOSSEN! Und die Klarinette jetzt in der Dominante. PARLAMENT EINSTIMMIG PRIVATISIERUNG DES HIMMELS! Und jetzt unten die Celli in der Subdominante, die erregte Fuge in Engführung. DER HIMMEL AN DIE GRÖSSTE WERBEAGENTUR VERKAUFT OHNE AUSGESCHRIEBEN ZU WERDEN!
Wenn Sie mich fragen, nisten diese Viren weniger in den Stöpseln, sondern eher in dieser sogenannten Musik selbst, in ihrem verdreckten Klang und ihrem virusinfizierten Schall. Daß man von so einer Klangverschmutzung leicht eine Mittelohrenentzündung bekommen kann, ist mir ganz plausibel, aber von diesem Klangdreck querschnittsgelähmt lebenslang in den Rollstuhl verbannt zu werden – für so gefährlich hätte ich diesen infizierten Schall nicht gehalten. Man hat, vor allem von unserer Seite her, diesen Klangdreck sträflich unterschätzt. Zwei, drei, vier, fünf. Der Vorschlag der Apothekerkammer, die Abschaffung der Stöpsel zu erleichtern, wurde sofort exekutiert. Hausverwaltungen, die das Beschallen der Treppenhäuser den Betriebskosten hinzurechnen wollten, wurde dies gerichtlich untersagt. Denn auch die Beschallung der Parkanlagen und privaten Gärten sei Bedürfnis der allgemeinen Gesundheit und Sicherheit. Und erfolge wie die Schneeräumung und das Kehren der Gehsteige unentgeltlich. Das ist der demokratische Klanggestank rund um den ganzen Erdball, der die Unterdurchschnittlichkeit in ihrer vorherrschenden totalitären Macht unter dem Kampfruf »Die neue Ehrlichkeit« zur Verblödung der Gefühle und Vertreibung der Empfindungsintelligenz hochpeitscht und die Ausbreitung der Stumpfsinnigkeit und

das allgemeine Verkürzungsdenken predigt. Man sehe nur, wie abgestumpft die Gesichter aller Präsidenten und Regierungschefs in die Welt schauen. Und seit damals haben wir den Scherben auf.

Und wenn sich unsereins dagegen wehren will und um die eigene Stille kämpft, erhält man die Antwort, öffentliche Beschallung sei behördliche Verpflichtung – denn, wenn Sie sich in einem mangelhaft beschallten Treppenhaus ausrutschend das Bein brechen und gerichtlich klagen, wird Ihnen Schmerzensgeld in höchster Höhe sofort zugesprochen, wenn Ihr Sturz auf mangelhafte Beschallung zurückzuführen ist. Und seit in den Seen das Wasser beschallt ist, ist die Zahl der Ertrunkenen beinahe auf Null zurückgegangen, und seit im Hochgebirge die Felswände der Berggipfel beschallt werden, ist die Zahl der in den Bergen Verunglückten derart zurückgegangen, daß wir gar keine Statistik mehr führen.

Herr Mairitsch, haben Sie den Konzertmeister angerufen? Ich frage mich langsam, warum ist dieses miese Pack noch immer nicht da? Unverläßlichkeit beim Musizieren ist über kurz oder lang der Tod der Musik.

Hausmeister: Ich habe oft beim Herrn Professor anzuläuten probiert, aber es hebt niemand ab.

Dirigent: Wenn ich nicht morgen ein Gastkonzert in Hammerfest zu leiten hätte und übermorgen das Eröffnungskonzert auf Spitzbergen, wäre alles nur halb so schlimm. Ich habe Ihnen ja schon erzählt, daß man die aufgelassenen Kohlengruben auf Spitzbergen im Inneren der Spitzbergener Berge zu einer großartigen unterirdischen Konzerthalle umzubauen gedenkt. Bei der Herstellung dieser Pläne hat man meine intensive Beratung beansprucht. Vor Baubeginn soll ich, also übermorgen, in den noch nicht umgebauten, rohen und naturbelassenen Labyrinthen den Bauarbeiten gewissermaßen eine musikalische Klangsegnung verabreichen und als gutes Omen dieses Konzert dort leiten.

Hausmeister: Woher die Lappen da oben wohl das viele Geld bekommen, das sie dort vor unseren Augen aus dem Fenster hinausschmeißen dürfen.

Dirigent: Halten Sie sofort den Mund, Sie elender Rassist. Die haben das Geld selber, passen Sie auf: Es sind die Kinder der Bergleute, deren Eltern in den Kohlengruben dort viel zu früh an einer Staublunge exitiert sind. Den Nachkommen der Bergleute wurden bei Gericht die Staublungen ihrer Eltern als Beschädigung ihrer Kindheit bestätigt – und jedem einzelnen dieser Bergarbeiternachkommen wurde eine sagenhaft hohe Entschädigungssumme zugesprochen. Kein einziger Euro Steuergeld steckt da drin. Da könnte man sich bei uns eine Scheibe herunterschneiden. Und ich würde wetten, Sie fänden hier keinen einzigen Staatsbürger, der sich so verhielte. Ein solcher Staatsbürger würde sich niemals einen solchen Stöpsel kaufen, oder Ohrknopf, geschweige denn bereit sein, diesen überallhin ausgebreiteten Klanggestank sich bieten zu lassen. Aber hier ist eine gewaltige Mehrheit sehr wohl dafür, daß es so ist und sich nicht ändert. So geben Sie doch zu, Herr Mairitsch, Ihnen gefällt's doch auch ganz gut, oder? Wenn Sie bei schönem Wetter durch den Park spazieren und Ihnen aus den Bäumen des Parks ein lustiger Jodler auf den Kopf fällt, so geben Sie doch ruhig zu, daß es Ihnen gefällt. Ich bin Ihnen deshalb auch überhaupt nicht böse. So sagen Sie schon, na, gefällt's Ihnen, geben Sie es zu?

Hausmeister: Na, ja, gefällt ist vielleicht übertrieben, aber was soll man denn dagegen machen? Sie können machen, was Sie wollen, und es hat nicht die geringsten Folgen. Es ist egal, was Sie machen.

Dirigent: Ganz richtig, es ist egal, was man hier macht, deshalb ist hier nichts zu machen, das ist es.
Für mich ist es hier inzwischen manchmal derart unerträglich geworden, daß ich mir durchaus vorstellen kann, manchmal lieber auf Spitzbergen zu sein, oder in Hammerfest.

Hausmeister: Verzeihen Sie, darf ich etwas fragen?

Dirigent: Ja, ja, machen Sie schon.

Hausmeister: Also ist das morgen womöglich gar kein Gastspiel, zu dem Sie aufbrechen, sondern womöglich ein endgültiger Abschied. Das erschreckt mich jetzt zutiefst.

Dirigent, *das Orchester, also das Publikum, wieder dirigierend:*
Meine Damen und Herren, Sie alle zusammen sind inzwischen so gut geworden, daß es fast nicht mehr auszuhalten ist.
Ich weiß es nicht, Herr Mairitsch. Möglich ist aber alles. Reißen Sie sich jetzt zusammen und lassen Sie mich in Ruhe. Die Reprise des ersten Satzes hat soeben begonnen.
Sie alle zusammen sind nicht nur routiniert, sondern brillant und virtuos – jeder einzelne für sich und auch im Zusammenspiel. Sie haben es schon jetzt ganz weit gebracht! Und das ist erst der erste Satz der Symphonie. Zwei, drei, vier, jetzt eine verschlungene kontrapunktisch kunstvolle Polyphonie in der Simultanität des ersten mit dem zweiten

Thema – zwei, drei, vier, und einhorchen und aushorchen und hinausschauen und zurückschauen, und Licht trinken und aus den Augen Tränen spucken, in großer Wut in die Vorgärten des Schauens, und in den Schrebergärten der Blickfelder nun Vermurung durch Tränenschlamm in großer schmerzvoller Tobsucht – und Einhorchen und Aushorchen drei, vier, jetzt die solistischen Gesangsstimmen im Chor nun unisono, bitteschön, jetzt:

Der Dirigent, *gemeinsam mit dem Chor, der im Publikum sitzt*

UNSER ZUR SCHÄBIGKEIT VERSCHIMMELTES PARLAMENT
HAT EINSTIMMIG DEN GANZEN LUFTRAUM DES HIMMELS PRIVATISIERT
UND EINER WERBEAGENTUR VERKAUFT.
ZU BILLIG WIE MAN HÖRT.
DA HÄTTEN HEIMISCHE ANBIETER MITHALTEN KÖNNEN.
ABER DIE WOLLTE MAN NICHT: ALSO GLOBALISIERUNG DER KORRUPTION!
SO WERDEN DIE BERÜHMTESTEN TENÖRE DER WELT UND
DIE GESCHMACKLOSESTEN SCHLAGERSÄNGERINNEN
AUS DEM OFFENEN HIMMEL DES STAATSGEBIETES
ZUR EIGENEN APOTHEOSE
AM HIMMEL ERSCHEINEN
WIE FRÜHER NUR UNSER HIMMELVATER, GOTT DER ALLMÄCHTIGE.
ABER DER KARDINAL SCHWEIGT UND DIE BISCHÖFE SCHWEIGEN MIT IHM.

Der Dirigent, *jetzt allein:* WIR MÜSSEN DIE HEULENDEN

SCHLOSSHUNDE VON DEN KETTEN BEFREIEN UND SIE DEM WIND ZURÜCKGEBEN.
WIR MÜSSEN DEN SEEN UND TEICHEN DAS GEPLAPPER DER WELLEN UND DAS GEPLÄRRE DES WASSERS ZURÜCKGEBEN.
WIR MÜSSEN DEN BÄUMEN DAS RAUSCHEN IHRES LAUBES ERMÖGLICHEN.
UND WIR MÜSSEN DEN SÜMPFEN DAS KLAGENDE QUAKEN DER FRÖSCHE UND AUCH DAS RÜLPSEN IHRER KRÖTEN WIEDER ERMÖGLICHEN!
Und zum Abschluß drei wutentbrannte Schreie im Dreiklang aller Blechbläser gemeinsam abhacken:
Peng!
Peng!
Peng!
Aus.
Das war's, zumindest der erste Satz.
Bis gleich!

2. Satz

Andante con variazioni

Dirigent: Herr Mairitsch, sagen Sie, ist Ihr Neffe zufällig da?

Hausmeister: Ich weiß nicht genau, aber ich glaube, er hat in der Nacht im Kabinett hinter der Küche geschlafen. Ich habe gehört, wie er im Traum mit seinen Streichquartetten laute Gespräche geführt hat.

Dirigent: Glauben Sie, hat er heute schon etwas getrunken?

Hausmeister: Keine Ahnung. Eher nicht. Ich habe in der Dienstwohnung unten keinen Alkohol.

Dirigent: Sagen Sie ihm, ich bräuchte dringend seinen Rat und seine Hilfe. Und rufen Sie bitte nochmal beim Konzertmeister an und fragen Sie, was los ist.
Sagen Sie, Herr Mairitsch, mir kommt gerade das Wort »Zwickmühle« in den Kopf. Glauben Sie, daß sich in so einer Zwickmühle auch ein Mühlstein befindet?

Hausmeister: Ich weiß nicht, Herr Musikdirektor – ich geh jetzt hinunter. Bis gleich.

Dirigent, *dem abgehenden Hausmeister hinterherrufend:*
So ein Mühlstein stellt schon seit zweitausend Jahren nichts anderes her als glattes und griffiges Mehl, immer feinst gemahlene beste Qualität. Das Mehl braucht man dann nur noch in Säcke verpacken und verschnüren. Und deshalb werden wir, Herr Mairitsch, alles, was sich uns jetzt noch in

den Weg stellen sollte, einfach umgehend diesem Mühlstein anvertrauen.
Übrigens hat unsere Mühle auch Flügel auf ihrer Außenwand, wie sie typisch sind für jene weltberühmten Bilder und Gemälde von jenen weltberühmten Malern, deren Bilder in den großen Sälen eines kunsthistorischen Museums hängen. Aber warum bleiben unsere Augen immer wieder vor diesem oder jenem der besagten windmühlenbeflügelten Gemälde hängen, sodaß wir stehenbleiben, obwohl wir dringend weiterwollen, als hätten wir uns selbst ganz kurz in diesem Bild gesehen? Zwar ist keiner von uns auf diesem Bild zu sehen – aber nur deshalb, weil wir ja im Inneren der Mühle sind.

Der Dirigent dirigiert wieder das Publikum.

Sie schauen wieder ganz genau auf die Spitze dieses Stabes, Andante con variazioni. Ganz langsam, im Stillstand beginnend, gleiten wir in den langsamen zweiten Satz der Symphonie: Variationen über eine uralte Legende.
Davor noch ein kurzes völliges Entspannen. Ich empfehle Ihnen, sich wie die letzten Säcke in der Bestuhlung hängen zu lassen, hemmungslos, wie ausgeleerte Kartoffelsäcke, jeder einzelne von Ihnen ein leerer, herumhängender Sack. Aber plötzlich ist der Sack ganz voll. So tief wie möglich eingeatmet sind die Lungenflügel prall gefüllt, daß keine Luft mehr hineingeht – die Kartoffelsäcke gut verschnürt.
Jetzt lange Luft anhalten, und plötzlich ist der Kartoffelsack schon wieder leer, und schon wieder hängen wir wie die letzten Säcke ohne Kartoffel in der Bestuhlung herum,
und schon wieder ist der Sack ganz voll. Luft anhalten.
Und jetzt ist der Kartoffelsack schon wieder leer, und er ist

noch leerer, und noch weiter ausatmen, Restluft hinauspressen.
Es ist schon fast zum Ersticken. Aber niemand wird ersticken, soviel ist sicher, bis ein richtiges Vakuum im Inneren des Brustkastens aufgebaut ist.
Fünf Sekunden noch, es geht noch, und jetzt lassen Sie locker, und plötzlich sind Sie ganz prall angefüllt mit Luft – nach einem halsabwärts gefahrenen Windstoß, der die Luftröhre in voller Länge zu einem Schmerzensschrei zwingt, der aber im Hals stecken bleibt. Je größer der Schmerz ist, den Sie jetzt empfinden, desto angenehmer werden die den Schmerz ablösenden Verzückungsgefühle einer gleich befreienden Entspannung sein.
Die Umgebung rundum vibriert und zittert, es ist eine völlig durchsichtige Hügellandschaft, die wir mit einem vielfarbigen Bodennebel aus der Tiefe der tremolierten Kontrabässe einhüllen, und die Stille nur noch stiller werden lassen.
Und wir zählen wieder eins, zwei, drei, vier, fünf, sechs.
Und wieder tief einhorchen und aushorchen, und wenn Sie, in der dritten Reihe, Sitz sechs – ich meine den Bratschisten Franzbranntner, hören Sie mir gut zu, ich beobachte Sie jetzt schon die längste Zeit – wenn Sie sich weiterhin weigern, ordentlich mitzuzählen, dann haue ich Ihnen eine herunter. Ich weiß, Sie nehmen mich nicht ernst und glauben mir das nicht. Aber wenn Sie es eines Tages zu weit treiben, dann knalle ich Ihnen wirklich eine, daß Ihnen der Mund so weit aufgerissen wird, daß er weiter offen steht als jedes aufgerissene Scheunentor.
Drei, vier, fünf, sechs. Die Virtuosität der folgenden Langsamkeit, auf die wir angewiesen sind, wenn wir aus dem völligen Stillstand glaubwürdig hervortreten, erfordert noch

exakteres Zählen. Und im Zählen aufeinander hören, im gegenseitigen Hören horchen, um sich in der akustischen Natur dieser vergilbten Landschaft einer uralten Legende nicht zu verirren. Fünf, sechs. Es gilt dem Klangwunder einer Madrigalkantilene, die in abenteuerlichen Serpentinen zwischen diesen transparenten Hügeln weiter luftaufwärts gleitet, der beinah wortlos gesungenen Melodie den Weg in den Horizont zu begleiten.

Zwei, drei, vier, fünf. Die Streicher alle con sordino, in unendlicher Vielstimmigkeit ein sich selbst komponierendes Klanggewebe sich aufbauen lassen, fünf, sechs, sieben, acht – ja, ja, ganz recht, immer bunter und noch bunter, aber gegenseitig immer vermischend wie das Bildgewitter eines Lichtabsturzes in das schauende Auge.

Herr Franzbranntner wird jetzt, nach und nach, von seiner Nachbarin eine Ohrfeige bekommen, genau nach den Anweisungen des Dirigenten:

Herr Franzbranntner, ich habe Sie wieder erwischt, aber ich kann Ihnen leider keine herunterhauen, wie ich eben bemerke. Wir machen das anders. Frau Springschitz, Sie Durchschnittsbratscherin, hören Sie mich: Sie werden jetzt gleich Ihrem unmöglichen Nachbarn blitzartig eine Ohrfeige ins Gesicht knallen, so fest es Ihnen möglich ist. Nein, nicht so, warten Sie. Legen Sie zuerst Ihre Bratsche auf den Konzertsaalboden. So, und jetzt erheben Sie sich wieder, stellen sich vor den Herrn Franzbranntner, zwei, drei, vier, fünf, und genau im Takt bitte, auf eins, und mit beiden Händen gleichzeitig, simultan, von oben hinunter, eine zweistimmige Ohrfeige, wie ein doppelter Kugelblitz. Aber erst auf eins, genau, vier, fünf, sechs und jetzt. Das ist ausgezeichnet, wie Sie das machen, gnädige Frau, so elegant

hätte ich Ihnen das gar nicht zugetraut. So, und jetzt setzen Sie sich wieder, nehmen wieder Ihre Bratsche und klemmen sie sich unters Kinn. Wir aber machen weiter.
Jetzt gleich das Thema in der vorbereiteten Landschaft, vier, fünf, sechs, und auf eins. bitteschön:

Chor: EIN MALER EINE MALERIN
EINANDER DIE GESICHTER ABMALEND
IN GEGENSEITIGER VERNARRTHEIT IHRER LIEBE

DIE GEGENSEITIGEN PORTRÄTS
IN IMMER VOLLENDETERER GEGENSEITIGKEIT
SICH IMMER BESSER DIE GESICHTER MALEND
UND NIE WAS ANDERES
ALS DIE ABBILDER IHRER GEGENSEITIGKEIT

EINANDER NIE ABLASSEND ABMALEN
DASS DIE ABBILDUNGEN IHRER GESICHTER
FÜR SEKUNDEN ZU EIGENEM LEBEN ERWACHEN
ALS WÜRDEN MALER UND MALERIN
VON IHREN BILDERN GEMALT

BIS IHNEN EINES TAGES DIE GNADE GEWÄHRT WIRD
DIE LETZTE VOLLENDUNG DER GEGENSEITIGKEIT
ZU ERLANGEN
SO DASS SIE IN DER INSGESAMTHEIT IHRER SELBST
SICH IN IHREN GEGENSEITIGEN GEMÄLDEN
AUFLÖSEN.

Rudolf Streichquartett erscheint.

Dirigent: Fein, daß Sie sich doch noch heraufbemüht haben, das finde ich großartig, Rudi. Und daß Sie mir mit Ihrem

Erscheinen in einer unerwarteten Notlage auch aushelfen wollen, finde ich ausgesprochen anständig von Ihnen.

Rudolf Streichquartett: Wenn ich Ihnen damit helfen kann.

Dirigent: Ich finde es schade, daß Sie nie wieder zu uns in den »Neuen Verein für musikalische Privataufführungen« gekommen sind.

Rudolf Streichquartett: Sie wissen doch, daß ich fast nur Streichquartette aushalte. Dies betrifft nicht nur die Musik, sondern alle anderen Bereiche des Lebens. Wenn ich in einem Konzert eine Symphonie hörte, machte es mir eine Zeitlang nicht viel aus, diese Symphonie in meinem Kopf sofort zu einem Streichquartett zu transkribieren. Dasselbe mit Klavierabenden. Aber mit zunehmender Zeit wurde ich das Opfer meiner Konsequenz. So begann ich zunehmend auch Menschen, denen ich begegnete, in meinem Kopf zu Streichquartetten umzuwandeln, und bei Menschen, die ich nicht mag, ist dies sehr anstrengend und schwierig, weil es kaum ein Streichquartett gibt, das ich nicht mag. Menschen, die ich mag, sind von vorn herein ein Streichquartett und müssen nicht erst in meinem Kopf zu einem Streichquartett transkribiert werden. Früher machte es mir manchmal Freude, eine Versammlung unerträglicher Menschen, wie zum Beispiel eine Versammlung unserer Politiker, streichquartettmäßig zu transkribieren, weil dann auf einmal dieser ganze Saal für mich aufgrund seiner plötzlich quartettmäßig vierfachen Überbelegung zu bersten begann – daß die Wände sich bogen und sich die Leute in meinem Kopf langsam erschlugen. Das klingt, als wollte ich mich an irgendwem rächen. Aber Rache ist was Dummes, etwas aus der untersten Schublade, und so habe ich es vorgezogen, immer mehr zu vereinsamen und mich nur mehr in Gesellschaft von Streichquartetten aufzuhalten.

Wir sollten übrigens schnell zur Sache kommen, denn ich glaube, daß mein Onkel Recht hat mit dem Hochwasser. Er meint, wir müssen heute noch aus der Dienstwohnung des Konzerthauses heraus. Denn wenn der Konzertsaal erst ein paar Zentimeter überflutet wird, bedeutet dies, daß auch die Wohnung im Souterrain voller Wasser sein wird. Deshalb hat mich der Onkel für später gebeten, ihm beim Packen von ein paar Habseligkeiten zu helfen.

Dirigent: Können Sie sich bitte noch gedulden, ich muß mich jetzt der ersten Variation des Andante zuwenden. Wir sind mitten in der Symphonie, wie Sie ja hören können. Bis gleich. Drei, vier, fünf, sechs, und eins:

Chor: MALER UND MALERIN SPURLOS VERSCHWUNDEN
POLIZEILICH GESUCHT
ZUR VERHAFTUNG AUSGESCHRIEBEN
FÜR DEN SCHULDENTURM
NUR VON REISENDEN GERÜCHTEHALBER
IMMER WIEDER GESEHEN
ALS SPIEGELUNGEN DER FATA MORGANEN
IN DEN WÜSTEN NAMIB UND GOBI

VON DER INTERPOL GESUCHT
WERDEN SIE MIT IHREN PORTRÄTS VERWECHSELT
VON IHREN STAFFELEIEN HERUNTERVERHAFTET
IN DEN TIEFSTEN KERKERN DER LAGERHALLEN
IM STADTMUSEUM IN LAGERHAFT GENOMMEN
ZUM VERSCHWINDEN GEBRACHT

DERART ABGELEGT
DASS DIE BEMALTEN FLÄCHEN DER BILDER
EINANDER ZUGEKEHRT
IN TUCHFÜHLENDER BERÜHRUNG
VÖLLIG UNSACHGERECHT
WIE MAN GEMÄLDE NIEMALS LAGERN DARF
EINGELAGERT
ABER IMMERHIN DADURCH

NOCH IM DIESSEITS
DIE WEITERE VOLLENDUNG
IHRER GEGENSEITIGEN LIEBE FORTBESTEHEN DARF

Dirigent: Das Zwischenspiel spielt sich alleine weiter. Drei, vier, und so fort. Sie waren doch einmal beim Rundfunk als Tonmeister.

Rudolf Streichquartett: Ja, bis ich eines Tages auch dort fluchtartig das Weite suchte.

Dirigent: Ich weiß. Seit damals ist die musikalische Qualität der Rundfunkanstalt blitzartig auf ein Niveau heruntergesunken, das man in sogenannten Fachkreisen als nicht mehr satisfaktionsfähig bezeichnet.

Rudolf Streichquartett: Ja, auf den Hund gekommen, ohne die Hunde beleidigen zu wollen.

Dirigent: Leider ist mir für heute ein anderer Tonmeister, den ich gebeten hatte herzukommen, wohl aufgrund des Hochwassers ausgefallen. Er hatte es nicht einmal für nötig gefunden abzusagen.

Rudolf Streichquartett: Vielleicht ist er abgesoffen im Regen, wer weiß.

Dirigent: Deshalb wollte ich Sie fragen, ob Sie kurzfristig einspringen würden. Es handelt sich um eine Spezialität, die Sie vielleicht nicht nur als ehemaliger Tonmeister interessieren wird.

Rudolf Streichquartett: Aber Sie wissen doch, daß ich bei jeder andersartigen Musik sofort panikartige Angstanfälle bekomme, weil ich immer eines meiner Streichquartette in Gefahr sehe. Die Folge davon ist, daß ich stellvertretend musikalische Asthmaanfälle erleide, als wäre ich der viel zu schwache Leibwächter eines nicht mehr zu rettenden Streichquartetts. Ich kann nichts dafür, daß sie immer mehr zu meinen Kindern werden, die Streichquartette, und daß es sich dabei um ein psychiatrisch bedenkliches, allmachtsphantastisches Helfersyndrom handelt. Ist mir aber egal. Ich werde mich zusammenreißen, keine Angst.

Dirigent: Keine Angst, Ihre Aufgabe ist eher kammermusikalisch, und beinahe handelt es sich um ein Quartett. Sie wissen ja, wie ich eine Symphonie mit meinem Orchester einstudiere. Ehe nicht sowohl die Partitur als auch Stimme für Stimme in jedem einzelnen Orchestermitgliedskopf ganz perfekt eingelagert ist, spielen wir die Symphonie nicht auf den Instrumenten. In der Zeit der Vorbereitung dirigiere ich also die Symphonie so lange ohne Instrumente, bis sie vollständig im Bereich unseres inneren Schalldenkens sitzt. Und das nicht erst seit die Behörden unsere gesamte Umwelt mit der öffentlichen Landschaftsbeschallung verseucht haben. Seit ich auf der Universität in meinen Vorlesungen zur »Phänomenologie der Musik« immer mehr Hörer fand, denen die öffentliche Beschallung nicht nur ihr musikalisches Gefühl abstumpfte, sondern auch jedes Klangempfinden raubte, stellte sich die Notwendigkeit der Gründung des »Neuen Vereins für musikalische Privataufführungen« heraus. Dort wurden immer mehr reine, vollwertige »Horchmusikanten« ausgebildet, die darin ihre einzige Möglichkeit sahen, sich vom öffentlichen Beschallungsdreck zu retten. Sie wurden gleichzeitig zu instrumentlosen Vollblutmusikern ausgebildet, die mit ihrem Schalldenken genauso vollwertig zu musizieren in der Lage sind wie die Orchestermusiker. So daß die Hörer des »Privatvereins« gastweise beim Orchester mitmachen, wenn wir eine neue Symphonie noch ohne Instrumente vorbereiten. An einem bestimmten Punkt der Symphonie wird es geschehen, daß die unbenützten Instrumente der Orchestermitglieder von sich aus plötzlich einen Schall von sich geben, der mit der Symphonie zunächst noch kaum etwas zu tun hat, aber immer deutlicher ein berührend gläsernes Klangschimmern ergibt, das sich uns als die Seele der Symphonie erweist. Als wären auch die unbenutzten Instrumente zu perfekten Schalldenkern geworden und würden uns auf diese Weise ihre Gedanken mitteilen.

Rudolf Streichquartett: Ich verstehe, als ob die Symphonie ihren Ausführenden aufs Persönlichste das Vertrauen aussprechen würde.

Dirigent: Ja, als würde sich eine fremde schöne Frau plötzlich vor unseren Augen ihrer Kleider entledigen. Atemberaubend! Und diese Seele der Symphonie, verstehen Sie, wollen wir heute zum ersten Mal auf einem Tonträger festzuhalten versuchen. Und dazu werden wir Ihre Hilfe benötigen und Sie bitten, wenn es soweit ist, daß Sie sich ins Tonstudio da hinten begeben und mitschneiden.

Rudolf Streichquartett: Ja, ja, ich verstehe, aber dazu werden wir wohl die Anwesenheit des Orchesters mitsamt der Instrumente benötigen. Wo sind die denn?

Dirigent: Ja, wo sind die denn, das frage ich mich auch. So Gott will, werden sie in den nächsten Momenten erscheinen, alles andere wäre ja noch schöner. Ich muß mich wieder meinem anderen Orchester zuwenden, die zweite Variation wartet. Bis gleich. Drei, vier, fünf, sechs und:

Chor IN DER WÜSTE NAMIB
IN DER WÜSTE GOBI
TREFFEN MALER EINANDER
UND MALERIN
UND TRAUERN UM IHRE KINDER
BLICKEN GEMEINSAM
IN IHRE EHEMALIGE STADT
WO BESSERE ZEITEN BEGINNEN

DIE BEIDEN PORTRÄTS
WERDEN IM LAGER ENTDECKT
WERDEN BEFREIT
GROSSE FREUDE
HERRSCHT ÜBER DEN FUND
DES WERTVOLLEN SCHATZES
UND ZUR FEIER
IHRER WIEDERFINDUNG
WERDEN DIE ZWEI BILDER
IM GRÖSSTEN SAAL

DES MUSEUMS
EINANDER GEGENÜBER
AUFGEHÄNGT
DEN BÜRGERN GEZEIGT

IM MUSEUM WIRD ES NACHT
KAUM HAT SICH DER LETZTE WÄCHTER ZURÜCK-
GEZOGEN
LÖSEN SICH MIT EINEM LEISEN KNALL
VON BEIDEN LEINWÄNDEN GLEICHZEITIG
DIE FARBEN
VERMISCHEN SICH ZU EINER BUNTEN RAUCHWOLKE
DIE DURCH DIE LÜFTUNGSKLAPPEN DER KLIMA-
ANLAGE
AUS DEM MUSEUM FLIEHT

AUF DEM DACH DES GEBÄUDES WARTET
EIN ABERWITZIG BUNTER VOGEL
AUF DAS VORÜBERSTREICHEN EINES RICHTIGEN
WINDES
AUF DESSEN LUFTWELLEN DER VOGEL
IN DIE WÜSTE NAMIB
IN DIE WÜSTE GOBI
GLEITET
WO DIE ELTERN DER ZWEI BILDER WARTEN

UND STUNDEN SPÄTER

SCHLIESSEN SIE SICH IN DIE ARME
UND VERWANDELN SICH
ZU VIER ERBLÜHENDEN BLUMEN
DEREN SORTEN DIE BOTANIKER BIS HEUTE
IMMER NOCH NICHT ENTDECKTEN.

Rudolf Streichquartett: Das ist ja grandios. Die musizieren ja besser als die Besten. Wie haben Sie denn das gemacht, daß Sie die soweit gebracht haben. Ich weiß zwar, daß Sie sämtliche Härten im Beruf des Orchestererziehers in Ihrer Orchestererziehungsarbeit übertreffen, indem Sie das von Ihnen zu erziehende Orchester noch härter angreifen und im Notfall sogar vernichten, bevor Sie es wieder hochbringen.

Dirigent: Nur so ist es mir gelungen, eins von den besten Orchestern zu erziehen und auszubilden. Wohin hat uns denn die Demokratie in der Musik gebracht? Dazu, daß sämtliche Spitzenorchester der ganzen Welt gleich schlecht musizieren und ununterscheidbar voneinander heute die genauso schlechte Musik verbreiten, wie sie von jenen sogenannten internationalen grenzüberschreitend länderübergreifenden Landschaftbeschallungs-Klangfabrikanten für die Globalisierung ihrer einheitlichen Weltbeschallung rund um den Erdball herum durchgesetzt wird. Nur damit ich um den gesamten Erdball herum überall die gleich schlechte Musik hören muß und gar nicht weghören weder kann noch darf. Ohne mich. Wir können ja auch nicht alle Menschen um den Erdball herum überall gesetzlich dazu verpflichten, charakterlos zu sein. Oder zu werden. Vorsicht Leute, ihr seid auf dem besten Weg, einen musikalischen Massenmord, den ersten Musikgenozid, den der Erdball erlebt hat, einzuleiten. Ein kleines Zeichen unseres Widerstandes dagegen: unser Versuch, die Seele der Symphonie erstmals auf einem Tonträger festzuhalten.

Rudolf Streichquartett: Das ist eine angenehme Aufgabe und ein merfrischender Plan. Hoffentlich kommen diese Musikbeamten rasch und gleich. Denn ohne die wird es für uns auch keine »Seele der Symphonie« geben können. Die Zeit drängt, das Hochwasser steigt. Vorhin hat mir der Onkel erzählt, er habe im Radio gehört, die Hochwasserflut der Donau habe mit der ersten Welle Korneuburg überschritten und die Staumauern wie mit einem Fußtritt niedergetreten. Die Staumauer soll, noch ehe der Fußtritt des Hochwassers ihre Mauerkrone getroffen habe, schon in vorauseilendem Gehorsam, wie um keine Schwierigkeiten zu machen, freiwillig eingestürzt sein. Das soll der Direktor des Wasserbauamtes im Radio auf eindrucksvolle Weise zu schildern gewußt haben.

Dirigent: Ich war übrigens sehr erstaunt, von Ihrem Onkel zu hören, daß Sie nur ein Halbdilettant sind und nicht ein Volldilettant. So nebenbei erwähnte der Herr Onkel, daß Sie einmal vor vielen Jahren versucht haben sollen, die musikwissenschaftliche Fakultät auf der Universität zu absolvieren und dort sehr weit gekommen sein sollen. Aber Ihre Fähigkeiten, die Sie weit über die Grenzen der Genialität zu immer erstaunlicheren Leistungen geführt haben, sind fern eines jeden Universitätsinstituts, so daß mich wundert, was Sie dort überhaupt zu suchen gehabt haben. Kein Wunder, daß Ihr Onkel immer von Ihren an Tollwut grenzenden Tobsuchtsanfällen in der Universität erzählte, mit denen Sie den Leuten dort die Hosen ausgezogen haben, und die ihren Ursprung einzig und allein in Ihrer Überqualifikation zu suchen hatten. Sie sind eben ein musikalischer Querdenker, ein in jeder Hinsicht überqualifiziertes Musikmonster. Nein?

Rudolf Streichquartett: Hören Sie auf, so mit mir zu reden. Von meinem Onkel können Sie das nicht gesteckt bekommen haben, der weiß nicht einmal einen Musikwissenschaftler von einem Musikalienverkäufer zu unterscheiden. Oder von wem ist Ihnen dieser Stuß ins falsche Ohr geraten und dann im Inneren Ihres Kopfes verrutscht, so daß ich, wenn ich Sie so reden höre, Sie nicht einmal fragen würde, wie ich von hier zum Westbahnhof komme. Oder zum Franz Josephs Bahnhof.

Dirigent: Was haben Sie denn plötzlich? Da will man jemandem ein großes Kompliment in die Rocktasche hineinstecken, ganz unauffällig, und was ist die Reaktion? Beschimpft und angebrüllt wird man und beschuldigt, etwas aus der Rocktasche herausgestohlen und nicht hineingesteckt zu haben. Ich wollte Ihnen nur etwas Nettes sagen.

Rudolf Streichquartett: Sie hätten mir niemals etwas Nettes sagen sollen. Ich bitte Sie ganz dringend, mir in Zukunft wirklich nur dann etwas Nettes sagen zu wollen, wenn es nicht mehr anders möglich ist. Wenn Sie nicht mehr anders können, meinetwegen. Es fehlte nur ein Zehntelmillimeter, und ich wäre gegangen. Auf Nimmer-Wiedersehen. Grußlose Verabschiedung. Dann wäre uns damit die Seele der Symphonie wohl schon jetzt verloren gegangen.

Dirigent: Seien Sie nicht gleich so überempfindlich angerührt. Denn nicht nur von Ihrem Onkel hörte man Legendäres über den Ihrerseitigen Versuch einer Dissertation oder Habilitation mit dem wunderbaren Titel »Die Welt als Wille zum Streichquartett«. Und bitte verargen Sie Ihrem Onkel nicht, daß er mir die Arbeit heimlich zugesteckt hat.

Rudolf Streichquartett: Ach, hören Sie doch auf. Wir machen uns noch alle, wie vom Rinderwahn erkrankt, verrückt, weil wir im Kreis herum wie in einem Veitstanz am Drehschwindel leiden. Sagen Sie: Haben Sie Ihre »Phänomenologie der Musik« beendet? Wann erscheint das Werk als Buch?

Dirigent: Sie ist so gut wie fertig und soll in den nächsten Wochen erscheinen.

Rudolf Streichquartett: Fein, das freut mich. Man wird Sie natürlich hinten und vorne verreißen, das ist Ihnen doch klar.

Dirigent: Natürlich weiß ich das und kenne auch schon ein paar der Verrisse.

Rudolf Streichquartett: Außerdem frage ich mich manchmal, was machen Sie wohl mit jenen vielen Stellen, die Sie in Ihrer »Phänomenologie«, wie man mir erzählte, aus meinem »Willen zum Streichquartett«, wörtlich abgeschrieben haben?

Das Orchester erscheint. Der Dirigent ignoriert das Orchester, insbesondere aber den Konzertmeister, der eine Erklärung vorbereitet. Gleichzeitig begibt sich der Chor aus dem Publikum aufs Podium. Rudolf Streichquartett schaut im Folgenden von der Seite zu.

Dirigent: Ich muß das Auslaufen des Andantes bis zu seinem völligen Stillstand begleiten. Zwei, drei, vier. Das Steckenbleiben in einer symphonischen Langsamkeit …
das Steckenbleiben der letzten Straßenbahn auf der Strecke Bratislava–Wien, bevor sie eingestellt wird – – – die letzte noch nicht eingemottete Straßenbahngarnitur, zwei, drei, vier, fünf, der letzte Fahrgast auf seiner letzten Heimfahrt nach einer letzten Opernvorstellung in Bratislava – – – Richtung Endstation Rotunde, immer langsamer, immer tiefer in

einen tiefen Stillstand einwärts hineingleiten – – – in die letzte Stunde des Tages über Mitternacht hinaus – – – noch weit über die letzte Straßenbahnstation hinausfahren und hinausgefahren, mit der letzten Straßenbahn von Bratislava nach Wien, am Tag bevor sie eingemottet wird, zwei, drei, vier, fünf, sechs, sieben, und die sich auf ein Abstellgleis verirrt, ins anonyme Heckendickicht eines namenlos abseitigen Parksegments im hinteren Prater – – – und so auch morgen niemand diese Straßenbahn findet, und auch der Straßenbahnlenker nirgends sich finden ließe …
Herr Franzbranntner, Sie haben ordentlich mitgezählt. Mein Kompliment! Nur sind Sie immer noch etwas zu zerfahren. Sie haben nämlich meistens Ihre Pulsfrequenz gezählt und nicht den Takt. Ihr Puls ist in bester Ordnung. Sie sind gesund. Wir müssen heute zusätzlich kein EKG mehr von Ihnen machen.

3. Satz

Allegro appassionato mit Schlußchor

Dirigent: Dritter Satz: Allegro appassionato mit Schlußchor, zwei, drei, vier, und jetzt

Chor: MAN MUSS ALLE ERSTICKTEN SCHREIE
ALLE IN DEN KEHLEN ERSTICKTEN HILFERUFE
ALLE VOR DEM ERKLINGEN ERSTORBENEN KLAGEN
EINSAMMELN
ANEINANDER BINDEN
ZUSAMMENFLECHTEN
ZU EINEM SEIL
EINEM SCHWEIGENDEN BRÜLLSCHLAUCH
DER SO LANG IST
DASS MAN IHN SPIELEND
UM DEN ÄQUATOR DES PLANETEN BINDEN KANN

Konzertmeister: Du weißt, warum wir heute absichtlich den vereinbarten Termin nicht eingehalten haben, warum wir das Konzert beinahe zum Platzen gebracht hätten?

Dirigent: Wir haben keine Zeit, uns um die erforderlichen Disziplinarmaßnahmen zu kümmern, wir haben andere Sorgen.

Konzertmeister: Ja, wir haben ganz andere Sorgen und sind verzweifelt, aber jetzt kann man wenigstens erkennen, daß es wichtig war, nicht zu kommen, weil, wenn wir dennoch gekommen wären und zu reden versucht hätten, dann hätte uns das auch nicht weitergeholfen. Und indem wir sehen, daß es auch nicht hilft, nicht zu kommen, zeigt es, daß es dennoch wichtig war, nicht zu kommen, weil du uns nicht verstehen willst und den Pfiff aus unseren letzten Löchern nicht zu hören bereit gewesen wärst. Hoffentlich begreifst du wenigstens das.

Dirigent: Was gibt es denn da zu begreifen? Ich stelle eine Frage und will eine Antwort. Ich bestehe auf der Erteilung der Auskunft. Warum seid ihr nicht früher gekommen?

Konzertmeister: Gut, dann sage ich es dir: Wir waren voll berechtigt, nicht zu kommen, und haben auch nicht gegen die Statuten des Orchesters verstoßen, und zwar, weil die Zusage von deiner Seite, die geschäftlichen Verpflichtungen endlich zu erfüllen, nicht eingehalten wurde. Du hast die uns zustehenden Gehälter noch immer nicht gezahlt. Unsere Gehaltskonten sind seit einem dreiviertel Jahr gleichbleibend leer. Bis heute wolltest du uns wenigstens ein Monatsgehalt überweisen. Es ist enttäuschend, daß du nicht einmal bereit gewesen bist, einen Tropfen auf den heißen Stein zu gießen. Seit du das Orchester von der Stadt übernommen hast und aus deiner Privatschatulle bezahlst, hast du immer versichert, uns ordentlich zu bezahlen, samt Gewährung der Nachtzulagen, Verdoppelung der Spesen bei Auslandsaufenthalten, und sogar Gewinnbeteiligung bei lukrativen Nebenverdiensten im Fernsehen und im Rundfunk. Aber nicht einmal ein einziges Monatsgehalt hast du uns bisher überwiesen. Wir haben kein Geld für den Strom, wir haben kein Geld für das Gas. Bis jetzt haben die Elektrizitätswerke und Gasometer zugeschaut, und wir haben die Gaskassierer vertrösten können. Neuerdings können wir das Geld für die Milch, das unsere Kleinkinder zum Überleben benötigen, nicht mehr aufbringen, denn alle unsere Reserven sind ausgeschöpft.

Wenn es so weiter geht, werden uns die Frauen davonlaufen, weil wir ihnen kein neues Abendkleid kaufen können. Die ihnen von uns zugesteckten Freikarten für unsere Konzerte werden sie wie eine Zumutung zu unserer Verspottung vor unseren Augen in den Papierkorb werfen. Und die ganz Harten unter ihnen werden uns zurufen: »Ein Musiker, der seine Musik ohne Geld spielt, ist kein professioneller Musiker, sondern bestenfalls ein auf der Straße musizierender Bettler, mit dem man eigentlich nichts zu tun haben will.« So geht es nicht weiter. Wenn es so weiter geht, gehen wir vor die Hunde.

Dirigent: Ich verstehe das nicht, ich habe meine Bank angewiesen, die Gehälter auf eure Gehaltskonten zu überweisen. Das Geld müßte längst auf euren Konten angelangt sein. Ich verstehe das alles nicht, aber morgen müßte das Geld doch auf jeden Fall kommen.

Konzertmeister: Nichts ist gekommen, die Konten sind leer, und wenn du weiter darauf beharren solltest, die Gehälter überwiesen zu haben, muß ich dich bitten, mir den Beleg dafür zu zeigen.

Dirigent: Nun gut, ich gebe es offen zu: ich habe die Bank angewiesen, die Gehälter zu überweisen, worauf mir mein Bankberater mitteilte, daß meine sämtlichen Konten, und zwar von der Geheim- und Staatspolizei auf höchsten Befehl hin, gesperrt seien. Ich habe zwar keinen Zugang zu meinen Geldern im Inland, im Ausland hingegen sehr wohl, aber nicht im Inland. Ich versichere, euch auf unserer Tournee, sobald wir die Grenze überschritten haben, die offenen Gehälter sofort zukommen zu lassen. Meine Konten sind vor allem aus politischen Gründen gesperrt. Mein erbitterter Kampf gegen die öffentliche Beschallung der Landschaften hat mich bei den Behörden als Gegner der allgemeinen demokratischen Grundordnung angeschwärzt. Ich bin Staatsfeind, weil ich ein Feind schlechter Musik bin, von der ich mich weder aus der Luft noch aus dem Himmel staatlich bewerfen lasse, weil es das Gesundheitsamt so will! Was glauben denn die Behörden, die sind wirklich alle von tollwütigen Wildsäuen und Wildebern gebissen worden, daß sie mit ihrem eigenen Schwachsinn alle anderen zu staatlichem Schwachsinn verpflichten. Aber ich lasse mich von keinem Gesetz zum Schwachsinn verpflichten, nur weil ein amtshandelnder Polizist das von mir verlangt.

Konzertmeister: Lieber Musikdirektor, ich weiß, daß dir deine Konten aus politischen Gründen auf perfideste Weise gesperrt worden sind und daß du hier in diesem Land nicht an dein Geld herankommst, aber erst seit heute Vormittag. Und ich weiß auch aus guter Quelle, daß du vor ein paar Tagen unsere Gehälter noch zahlen und anweisen konntest, denn da waren deine Konten noch offen. Aber du hast uns nicht bezahlt wie ausgemacht, sondern in weiser Voraussicht, da man dich hintenherum warnte, daß die Sperrung deiner Konten für heute beabsichtigt sei, richtig gehandelt, indem du all deine Gelder von den inländischen Konten geleert und auf dein jahrzehntealtes Konto in der Schweiz hast überweisen lassen. Oder hast du den Herrn Mairitsch, der alles für dich tut, mit dem Dienstwagen und einem Geldkoffer hinfahren lassen? Außerdem fiel mir gestern beim Studium der Post, in deiner Korrespondenz mit norwegischen Orchestern, ein sehr merkwürdiger Umstand auf: Du hattest bis vor einer Woche nie die Absicht gehabt, uns für deine Konzerte ins nördliche Eismeer als Orchester zu verpflichten und mitzunehmen, obwohl du uns immer das Gegenteil versichert hast. Dabei wollten wir gemeinsam mit dir diese Musikreise durch die Eishöhlen des Nordpolgletschers und seiner inneren Kathedralen machen, die wir schon zwei Jahre geplant hatten und morgen auch wirklich beginnen sollten. Aber du wolltest uns nie auf diese Tournee mitnehmen, sondern hattest bis vor einer Woche heimlich ein anderes Orchester engagiert, mit dem du morgen oder übermorgen die Tournee begonnen hättest, hätte man dir von dort nicht im letzten Moment absagen müssen. Eigentlich wolltest du uns morgen unbezahlt hier sitzen lassen und abhauen. Ich habe den anderen Kollegen vom Orchester noch gar nicht darüber berichtet. Wenn ich ihnen davon berichte, bricht eine Welt für uns alle zusammen. Heute Nachmittag hatte ich einen Nervenzusammenbruch, oder einen Herzinfarkt, oder auch einen Hirnschlag, oder auch nur einen Kreislaufkollaps, den ich sehr oft zu haben pflege. Und manchmal habe ich mir tausendstel Sekunden lang gewünscht, daß mich einer dieser medizinischen Angriffskriege, die gegen mich ins Feld ziehen, mit sich fortnehmen möge. Wie soll das alles weitergehen, Musikdirektor? Jetzt kennen wir uns schon das ganze Leben lang, seit der Schulzeit, haben kirchliche Gymnasien überrannt, gemeinsam zurückgebliebene Universitätsinstitute lahmgelegt, in vielen Musikhochschulen viele Klavierprofessoren, Geigenlehrer, Dirigentenpädagogen, Harmonielehrefundamentalisten, Kontrapunktkomiker, die unsere musikalischen Bemühungen unmöglich machen wollten, zum öffentlichen Gespött werden lassen und, und, und. Und ich habe dich immer für den größten aller Kapellmeister gehalten, den es in diesen Zeiten gibt. Aber daß du eines Tages zu einem Mafioso wirst, zu einem an der Musik tätlich werdenden Raubmörder, lügnerischen Klangschmeichler, achtelnotenzählenden Dieb, musikalischen Kleinkriminellen, abgeschmackten Roßtäuscher, das hätte ich nicht gedacht. Sag, daß das alles nicht stimmt. Sag, daß ich mich irre, ich bitte dich darum.

Dirigent: Was soll ich dazu sagen, ich wüßte wirklich nicht was. Vielleicht ist es das: Ich mache, ohne viel zu fragen, was ich zu machen habe, einfach das, was zu machen ist und schon längst gemacht gehört hätte, um, wenn es ordentlich gemacht worden ist, das Nächste zu machen, was gemacht zu werden hat und schon längst gemacht gehört hätte. Alles andere ist übles Machwerk, zu dem ich nichts zu sagen haben. Ich verteidige mich nicht für etwas, von dem ich nichts weiß.

Sag mal, hörst du nichts? Hast du noch gar nicht bemerkt, daß inzwischen längst der letzte Satz unserer heutigen Symphonie angefangen hat? Vom Schlußchor trennen uns nur noch ein paar lange Atemzüge. Hast du denn Schweinsohren, oder bist du plötzlich ertaubt? Allegro appassionato, verstehst du?

Glücklicherweise sitzt das Orchester in seiner Bestuhlung. Diese armen Sessel haben fast den ganzen Nachmittag auf die Orchestermusikergesäße gewartet. Und nur dein Gesäß fehlt dort noch! Es geht um die Seele der Symphonie, sag es den anderen weiter, es ist wichtig, daß heute die Seele der Symphonie gelingt.

(*Zu Rudolf Streichquartett*) Was haben Sie da noch zu suchen und stehen überflüssig herum, ich dachte, Sie seien schon längst in ihrem Tonstudio hinten verschwunden. Da haben

Sie aber Glück gehabt, beinahe hätten wir alles durch ihre Unverläßlichkeit versäumt.

Rudolf Streichquartett: Wir hatten ausgemacht, daß Sie mir ein Zeichen geben, ein deutliches Signal, bevor die Seele der Symphonie erscheint und in die Eingangstüren aller verschlossenen Ohren wie eine entschlossene Heldin gewaltig einbricht, daß in den Köpfen Aufruhr und Krach zu lärmen anfängt, von denen ein paar vielleicht dann explodieren, vereinzelt, was anderswo vielleicht schon vorgekommen sein mag.

Dirigent dirigiert jetzt das richtige Orchester, das die ausgepackten Instrumente nicht benützt, sondern beiseite gelegt, abgestellt hat – offensichtlich genau so wie das Horchorchester musiziert.

Dirigent: So, und Sie schauen jetzt ganz kurz auf die Spitze dieses Stabes hier. Einatmen, ausatmen, einhorchen, aushorchen, mit den Augen das Licht einsaugen, ganz tief hinein bis ins hinterste Hinterhirn, und wieder zu mir zurück herausschauen. Konzertmeister, hörst du mich, du fehlst ja, bist noch gar nicht in der Symphonie ganz drinnen! Bist noch der einzige heraußen. Das geht nicht! Mach, daß du schleunigst unter den symphonischen Hypnoseschutzschirm kommst, du hast heraußen nichts zu suchen, geh endlich in die Symphonie hinein und hilf die Seele der Symphonie zu suchen! Und wenn wir sie heute wegen dir nicht finden, dann kannst du was erleben!

Konzertmeister: Bin schon in der Symphonie, bin schon drinnen. Jetzt sehe ich es ganz von weitem auftauchen und immer deutlicher auf mich zu kommen. Das muß sie sein. Die

Seele der Symphonie. Merkwürdig, daß in einem Konzertsaal etwas so weit weg sein kann, obwohl in einem Saal ja nichts weit weg ist. Musikdirektor, ich bin ganz sicher, daß sie gleich auch bei euch da draußen auftauchen wird. Ja!

Der Hausmeister taucht wieder auf.

Hausmeister: Herr Musikdirektor, die Flut steigt immer noch, wir müssen möglichst bald aus dem Gebäude. Der Sicherheitsdirektor rief mich wieder an, die Musikhalle sei schwer einsturzgefährdet, wie er vom Baustadtrat gerade erfuhr. Er weiß, daß Sie mit ihren Anhängern, Schülern, Studenten und Musikfachleuten aus der ganzen Welt hier versammelt sind, und hat mir befohlen, daß ich Ihnen empfehlen, nein befehlen soll – aber das kann ich nicht, was soll ich Ihnen denn befehlen?
Hören Sie, liebe Musikanhänger und Freunde, ich habe den Auftrag von der Behörde, daß ich versuchen soll, Sie alle aus dem Konzertsaal rauszuschmeißen, aber Sie hören mir ja gar nicht zu, niemand hört zu. Ich überliefere Ihnen also noch einmal den Befehl, daß ich Sie sofort aus dem Konzertsaal zu verschwinden ersuchen muß, horchen Sie mir zu, und gehorchen Sie mir bitte. Andernfalls wird eine ganze Polizeitruppe die Konzerthalle stürmen, um Sie gewalttätig hinauszukriegen, mit den unterstützenden Wellen des Hochwassers, Sie alle aus der Konzerthalle rauszuspülen. Ansonsten hinein in die Kartoffelsäcke und ab in die Polizeistation.

Dirigent: So halten Sie doch Ihren Mund, Herr Mairitsch. Es gibt nicht den geringsten Anlaß zur Unruhe, ganz im Gegenteil, kommen Sie her zu mir, wir setzen uns jetzt beide hier hin, um gleich etwas zu hören, das noch nie jemand auf der Welt hat hören können, vielleicht auch zu sehen, außer uns beiden hier. Und auch Ihr Neffe hört es, vom Tonstudio aus, und macht davon eine CD, für's Familienalbum sozusagen. Gleich geht's los:

Man hört von den Instrumenten der Orchestermusiker, die an die Stühle der Instrumentalisten angelehnt sind, irgendwie von ihren Musikern nicht betrieben, sondern in Ruhestellung gehalten werden, Klänge: Obertöne, etwas klarsichtig Durchscheinendes, wie von der anderen Seite der Welt herübertönend, nie lächerlich, aber durchaus selbstironisch. Als handle es sich um ein nie zuvor, sondern erst jetzt zum ersten Mal eintretendes, in der Physik und der Lehre von der Akustik bislang unbekanntes, völlig neues und soeben entdecktes Obertonklangschwingungsphänomen, das erst jetzt zum ersten Mal in Erscheinung treten kann, weil noch nie zuvor die dafür nötigen Konstellationen sich ergeben haben. Der Chor fängt an, den Schlußchor zu flüstern. Und vielleicht sieht man auch irgend etwas, oder vielleicht doch nicht.

Der Dirigent: Hören Sie das, Herr Mairitsch? Sehen Sie das?

Hausmeister: Natürlich sehe ich das, aber ich verstehe es nicht. Ich habe bisher noch nie dergleichen gehört noch gesehen. Erst jetzt. Daß ich nichts davon verstanden habe, macht nichts. Was ich zu hören und zu sehen bekam, bewundere ich sehr, weiß aber, daß es besser ist, daß ich es nicht verstehe, und daß es mir besser gefällt, als wenn ich es verstehen könnte.

Rudolf Streichquartett: (*kommt aus dem Tonstudio*)

Ich glaube, daß die Qualität der Tonaufnahme akzeptabel oder hervorragend ist, beim Abhören habe ich jedenfalls nur bemerkt, daß alles so zu hören ist, wie es vorher zu hören war.

Hausmeister: Haben Sie keine Angst, ich weiß einen unterirdischen Gang, der uns aus den Kellern des Konzerthauses unterirdisch auf die andere Seite der Donau hinüberführt. In einer viertelstündigen kleinen Wanderung durch die Kellereigewölbe der Kloaken. Ich habe Taschenlampen mit. Wir sind auf alles vorbereitet.

Konzertmeister: Glaub ihm kein Wort, Musikdirektor, er ist ein Spitzel des Sicherheitsdirektors. Man will dich zum Terroristen stempeln, weil du mit der Musik einen Krieg gegen das Land angezettelt hast. Der Hausmeister will dich zum Sicherheitsdirektor führen, der am anderen Ufer des Flußes schon mit Handschellen auf dich wartet, sie um deine Hände zusammenklicken zu lassen. Das wäre der größte Triumph seines Lebens.

Dirigent: Dann müssen wir jetzt gleich zum Flughafen, um abzufliegen, aber was fliegt denn jetzt, und wie kommen wir durch die überschwemmte Stadt?

Konzertmeister: Wir brauchen nicht zum Flughafen, wir fliegen gleich von hier weg.

Dirigent: Ja, ja, das sagst du so leicht, du weißt doch, daß das nicht geht. Wie willst du das denn machen, du Spinner?

Konzertmeister: Daß du mir nie was glaubst. Natürlich geht das. Was sollte uns denn daran hindern. Die Orchestermusiker haben die Maschine schon bestiegen, sind schon angeschnallt, wir brauchen nur noch zu starten.

Ach ja, ich habe vergessen dir zu erzählen, daß ich schon jahrelang mit dem zweiten Geiger am ersten Pult zusammen einen dieser unbezahlbaren Spezialpilotenkurse in Amerika besucht habe, im Urlaub, oder wenn wir sonst dazu Zeit hatten, und seit zwei Monaten sind wir glückliche Pilotenscheinbesitzer, die auf dieser Welt in jeder Lage, aber vor allem in der Luft, so gut wie alles können.

Dirigent: Gut, ich steige ein, aber nur wenn der Rudolf Streichquartett auch mitfliegt. Ohne den fliege ich nirgends hin. Ich brauche ihn in Hammerfest und auf Spitzbergen als Professor für eine Streichquartettklasse, in der Musikhochschule, die wir dort oben aufbauen sollen. Ohne den Rudi geht das nicht. Kommen Sie, Herr Streichquartett, wir fahren fort, und Sie kommen mit.

Rudolf Streichquartett: Sehr gern, sehr gern, nichts wie weg von da, es war ohnedies hier nicht mehr auszuhalten.

Hausmeister: Sie fliegen hier nicht ab, das werde ich nicht zulassen, nur über meine Leiche. Sie würden mir ja rücksichtslos das Dach des Konzerthauses in die Luft sprengen, wenn Sie abheben. Das lasse ich mir nicht gefallen.

Dirigent: Aber hören Sie, Herr Mairitsch, das Konzerthaus ist ohnehin zum Abbruch durch das Hochwasser vorgesehen. Was macht es da, wenn Ihnen das Dach schon vorher vom Wind wegfliegt. Dagegen ist doch nichts einzuwenden.

Hausmeister: Mit mir nicht. Das Dach wegsprengen und dann keinen Dachdecker zahlen wollen, da hört sich für mich doch alles auf. Das werde ich verhindern. Nur über meine Leiche.

Dirigent: Warten Sie, ich weiß, wie wir das am besten für Sie lösen können! Warten Sie!

Der Dirigent steigt wieder aus der »Maschine« aus und flüstert dem Hausmeister wild gestikulierend etwas ins Ohr. Man sieht, wie der Hausmeister nickt, und beide steigen wieder ein.

Wir können jetzt starten.

Die Maschine fliegt seit einiger Zeit.

Hausmeister *zum Rudi:* Hast du gesehen, beinahe wären wir an der Dachrinne hängen geblieben! Wie rührend der Pilot sich bemüht hat, das Dach des Konzerthauses zu verschonen!

Rudolf Streichquartett: Jetzt kann nichts mehr passieren, denn jetzt fliegt die Maschine noch viel souveräner als das 2. Streichquartett von Alexander Borodin, das kennen Sie ja alle.

Irgendwer hat ein Radio eingeschaltet, und man wird auf eine kleine Nachrichtensendung aufmerksam.

Radiosprecher: Während die Flut immer höher steigt, kommt aus dem Wiener Magistrat folgende Meldung: Der Bürgermeister von Wien hat mit sofortiger Wirkung den Musikdirektor des Konzerthauses zum Generalmusikdirektor von Wien ernannt.

Aus dem Kunsthistorischen Museum ist ein Akt brutaler Kunstbarbarei bekannt geworden: Zwei erst kürzlich wieder aufgefundene verschollene Gemälde wurden in erschreckender Kunstfeindlichkeit, vermutlich von religiösen Eiferern einer unbekannten Sekte, zerstört. Zunächst haben die Täter sämtliche Farbe von den Leinwänden der Gemälde abgeschabt, abgekratzt, dann den Bildern die Rahmen weggebrochen, dann die zerhackten Rahmen zu einem Scheiterhaufen aufgeschlichtet und entzündet. Nur die von sämtlichen Farbspuren gesäubert, wie reinweiß gewaschenen Leinwände hingen, an die Mauer genagelt, von den Wänden.

Der Chor spielt die Symphonie selbstständig zu Ende. Währenddessen wird das Publikum von Wasserstaub zugeschüttet.

CHOR: MARIA AM GESTADE!
MARIA HILF!
DIE MARIA HILFT
DIE MARIA HILFER STRASSE
IST EIN GROSSER FLUSS
DER SICH VON DEN KATARAKTEN DES STADTGÜRTELS
VOR DIE TORE DIESES HAUSES STÜRZT

MAN MUSS ALLE ERSTICKTEN SCHREIE
ALLE IN DEN KEHLEN ERSTICKTEN HILFERUFE
ALLE VOR DEM ERKLINGEN ERSTORBENEN KLAGEN
EINSAMMELN
ANEINANDER BINDEN
ZUSAMMENFLECHTEN
ZUSAMMENBINDEN ZU EINEM SEIL
ZU EINEM SCHWEIGENDEN BRÜLLSCHLAUCH

DER SO LANG IST
DASS MAN IHN MEHRMALS UM DEN ÄQUATOR DES PLANETEN HERUMBINDEN KANN
DER SO LANG SEIN WIRD
DASS MAN DIE GANZE ERDE DAMIT EINWICKELN KANN

BIS AUS SEINEM MÜNDUNGSTRICHTER
DER SICH IN DEN KOSMOS BOHRT
EIN EINZIGER SCHREI
SICH IN DIE UNENDLICHKEIT FORTSETZT

Ulrich Schönherr

»Abzugeben in der Welt, dicht an der großen Dornenhecke, der Grenze der Vernunft«

Anmerkungen zu Gert Jonkes *Chorphantasie*

Am 22. Dezember 1808 fand im Theater an der Wien ein musikalisches Großereignis statt, das Musikern wie Publikum nicht nur aufgrund der vierstündigen Aufführungsdauer und der winterlichen Kälte noch lange in Erinnerung geblieben sein dürfte. Am Dirigentenpult stand kein geringerer als Ludwig van Beethoven, der ohne Rücksicht auf die Ausdauer von Orchester und Zuhörerschaft ein gigantisches Konzertprogramm abspulte, das bis auf wenige Ausnahmen noch niemals öffentlich zur Aufführung gelangt war und in seiner musikalischen Radikalität für die meisten Ohren damals tatsächlich unerhört geklungen haben muß. Neben geistlicher und weltlicher Vokalmusik dürfte Beethoven dem unterkühlten Publikum an diesem Winterabend insbesondere mit seinem 4. Klavierkonzert sowie der 5. und 6. Symphonie ordentlich eingeheizt haben. Den Abschluß der Veranstaltung bildete die eigens für den Anlaß komponierte *Chorfantasie op. 80*, auf die Jonkes Theaterstück im Titel Bezug nimmt, ein hybrides Werk, das die verschiedensten Musikgattungen dieses denkwürdigen Abends durch Integration von Klavier, Orchester, Solostimmen und Chor nochmals kompositorisch vereint. Das Stück führt von einer unbegleiteten Klavierfantasie (die Beethoven bei der Premiere selbst improvisierte) übereinen Variationensatz für Orchester und Klavier (basierend auf der Melodie des frühen, unveröffentlicht gebliebenen Liedes »Gegenliebe«) zu einem triumphalen Chor am Ende, dessen Text die Harmonie von Musik und Wort zelebriert und bereits den Schluß der 9. Symphonie antizipiert. Wie wir aus Berichten zeitgenössischer Ohrenzeugen wissen, endete das Finale im Desaster. Das Orchester verspielte sich derart – ob mangels Proben oder vor Erschöpfung sei dahingestellt –, daß Beethoven sich gezwungen sah, die Aufführung abzubrechen und nochmals von vorne zu beginnen. Die Widrigkeiten, mit denen der Komponist an diesem historischen Abend zu kämpfen hatte, sind jedoch im Vergleich zu Jonkes *Chorphantasie* kaum der Erwähnung wert, wie bereits der Untertitel *Konzert für Dirigent auf der Suche nach dem Orchester* andeutet. Am Anfang also ein Dilemma. Wie läßt sich ein Konzert bestreiten, wenn die notwendigen Musiker zu dessen Aufführung fehlen? Statt das Publikum um Hörgenuß und Eintrittsgeld zu bringen, entscheidet der Dirigent kurzerhand, die Anwesenden selbst in Orchestermusiker, oder genauer in eine »Schalldenker-Versammlung« zu verwandeln, indem er sie mit seinem Taktstock derart zu hypnotisieren versteht, daß diese bereitwillig die jeweiligen in ihrem Brustkasten eingebauten Instrumente in Betrieb nehmen und die Symphonie unter sachkundiger Führung »in sich« zum Erklingen bringen. Eine unerhörte Musik beginnt sich so lautlos zu artikulieren, Klangfülle einer Stille, die unhörbar im Theaterraum resoniert und gleichsam den musikalischen Nährboden abgibt, auf dem sich Jonkes *Chorphantasie* entfaltet.

Das Stück ist in drei Teile gegliedert, die jeweils durch musikalische Satzbezeichnungen markiert sind. Der chronologische Ablauf des Stückes scheint sich dabei durchaus im konventionellen Rahmen der drei theatralischen Einheiten von Ort, Zeit und Handlung abzuspielen. Betrachtet man allerdings die Konstruktion des Dramas genauer, erweist sich die vordergründige Identität von Handlungs- und Realzeit als äußerst instabiler, vieldimensionaler und mehrschichtiger Zeit-Raum, in welchem sich gleich vier parallel geschaltete (Handlungs-)Ebenen kreuzen, kontrastieren, überlagern sowie aufeinander verweisen.

Die Aufführung der Symphonie, welche sich durch das gesamte Stück zieht, manifestiert sich gleichermaßen auf einer externen, sprachlichen, wie auf einer internen, musikalischen Ausdrucksebene, wobei letztere zwar in ihrer Immaterialität keine akustisch-auditive Präsenz besitzt, aber dennoch intelligibel ist. Dem Dirigenten – der sowohl außerhalb wie innerhalb der Symphonie steht – kommt dabei eine wichtige Vermittlerrolle zu, da er durch seine begleitenden musiktheoretischen Kommentare dem Werk allererst eine narrative Form verleiht, über die die Grobstrukturen der Komposition und deren Zeitdynamik nachvollziehbar werden. Zugleich geben die Erläuterungen zur Aufführungspraxis sowie die Vorstellung der Instrumente dem »Horchorchester« zusätzliche Realitätskonturen – und natürlich dem Autor Jonke die Gelegenheit, seine unnachahmliche Sprachkomik zu entfalten.

Während Jonke in seinem früheren Theaterstück *Sanftwut oder der Ohrenmaschinist* sich noch eines Computerflügels bediente, um die im Kopf Beethovens resonierende Hammerklaviersonate op.106 hörbar zu machen, kommt die *Chorphantasie* ohne jegliche akustische Vermittlungsinstanzen aus. Die immaterielle Klangwelt der Symphonie materialisiert sich allein im Vorstellungsraum der Darsteller und des Publikums, eine Wirklichkeitsdimension eröffnend, die sich parallel zu den anderen Handlungsebenen entfaltet. Durch die Partizipation des Publikums an der symphonischen Realisierung weitet sich der Bühnenraum auf den Zuschauerraum aus und kreiert so immer wieder neue Interaktionsmöglichkeiten zwischen Dirigent und Theaterbesuchern.

Während Beethovens Chorfantasie das Zusammenspiel von Melos und Logos im künstlerischen Schöpfungsakt musikalisch beschwört, thematisiert Jonkes Schauspiel das Beziehungsverhältnis von Musik und Wort mit theatralisch-sprachlichen Mitteln, indem er zwischen die verschiedenen Handlungsstränge eigenständige (in Großbuchstaben gedruckte) Textblöcke einmontiert, die die dramatische Rede unterbrechen und eine dritte Ebene im Stück konstituieren. Sie bilden gleichsam sprachliche Annäherungen an die musikalische Kompositionsstruktur der Symphonie, die der Dirigent bereits von ihrer technischen Seite umrissen hat. So sind der Vorstellung der Themen in der Exposition zwei thematisch distinkte ›Sprechstücke‹ (Verbot der Naturklänge und der Stille / Privatisierung und Kommerzialisierung des Himmels durch Werbeagenturen) kontrastierend zugeordnet, die im 1. Satz vom Dirigenten, später vom Chor rezitiert sowie motivisch variiert und in der Reprise des Sonatenhauptsatzes nochmals enggeführt werden. Sie deuten gleichsam auf sprachexperimentelle Weise an, was sich auf der nicht hörbaren musikalischen Ebene vollzieht. Im 2. Satz »Andante con variazioni« wird dieses Gestaltungsprinzip durch den Chor fortgesetzt, der die (musikalischen) »Variationen über eine uralte Legende« anhand des Prosagedichtes von ›Maler und Malerin‹ sprachlich inszeniert. Jonke greift dabei auf die Fabel vom Verschwinden des Malers im Bild zurück, wobei die Problematik von Kunst und Leben, Original und Kopie in eine magische Liebesgeschichte verwandelt wird. Zugleich spiegelt sich im Motiv der (wechselseitigen) Liebe der Urtext, für welchen die Melodie der Beethovenschen Chorfantasie ursprünglich geschrieben war, nämlich Gottfried August Bürgers Gedicht »Gegenliebe«. Dadurch wird die sich an der musikalischen Variationstechnik orientierende Sprachkomposition (Thema mit zwei Variationen) noch durch intertextuelle Referenzen erweitert. Weniger idyllisch schließt hingegen der 3. Satz »Allegro appassionato mit Schlußchor«. Statt der Apotheose der Künste und des Lebens – wie noch bei Beethoven – endet die *Chorphantasie* mit einem Lamento, gleichsam die Umkehrung des Humanitätsideals der Wiener Klassik. Das Chorfinale evoziert eine bislang unthematisierte Dimension der Stille, aus der diesmal nicht die utopische Transzendenz des anderen Zustands zu uns herüberklingt, sondern die »erstickten Schreie« einer gequälten Menschheit, welche aus einem »schweigenden Brüllschlauch« an unser Ohr dringen, und Jonkes Symphonie auf einer schrillen Dissonanz des Schmerzes enden läßt. Neben der doppelten Handlungsebene der Symphonie bilden die ›Sprechstücke‹ innerhalb der *Chorphantasie* ein wichtiges Bindeglied zwischen dramatischem Bühnen- und musikalischem Vorstellungsraum, Schnittfläche, an der Sprache und Musik aufeinander treffen, ohne sich in ihrer medialen Differenz aufzuheben.

Alternierend zwischen diesen drei Ebenen entfaltet sich die Haupthandlung des Stückes, die abschließend kurz angedeutet werden soll, und in der Jonke noch einmal sein gesamtes musikerzählerisches Potential entfaltet und Mikrogeschichten hervorzaubert, die mit Ironie, Witz und Sarkasmus, aber auch mit gebrochenem Pathos und Melancholie den Zustand der (avancierten) Musik am Ende der Moderne reflektieren, die ja nicht nur vom Altern, sondern im Zuge der Globalisierung der »einheitlichen Weltbeschallung« durch die »Landschaftbeschallungs-Klangfabrikanten« auch vom Aussterben bedroht ist – und nicht, weil keiner mehr Musik hört, sondern weil alle den »von einer zentralen Funkstation« pausenlos gesendeten »Klangdreck« hören müssen. Die *Chorphantasie* entwirft vor dem Hintergrund der heranbrausenden Flutwelle der Donau die apokalyptische Vision einer staatlich wie kulturindustriell verordneten Dauerbeschallung, die in alle Lebensbereiche eindringt und der sich niemand zu entziehen vermag. Eine totalitäre Homogenisierungsgewalt, die im Namen der ›Demokratie‹ alles unter sich begräbt, was sich nicht dem Maßstab musikalischer »Unterdurchschnittlichkeit« fügt. Jonke spricht in diesem Zusammenhang auch von »musikalischem Massenmord«, bzw. dem »ersten Musikgenozid, den der Erdball erlebt hat«. Gegenüber jener globalen »Klangverschmutzung« setzt der zum »Staatsfeind« erklärte Dirigent sein Recht auf Stille, Resistenzraum, der in seiner Negativität auf die Potentialität eines Hörens verweist, welches den zur Gehörlosigkeit regredierten Menschen bereits ausgetrieben worden ist – wie dem Hausmeister Mairitsch, der gegenüber dem Klangzauber der lautlosen Symphonie völlig immun ist. Als direkter Gegenspieler zum Dirigenten gehört er zum unverzichtbaren Inventar des komischen Theaters, unterwürfige wie zwielichtige Dienerfigur, der geschickt zwischen den Adepten der Kunst und ihren kunstfeindlichen Sachverwaltern zu lavieren versteht und dessen vorauseilendem Gehorsam nicht zu trauen ist. Ganz im Gegensatz zu seinem Neffen Rudolf Streichquartett, dessen sprechender Name fast die Vermutung einer versteckten Hommage an den Geiger Rudolf Kolisch aufkommen läßt, der mit seinem Quartett musikalische Maßstäbe für die Aufführungspraxis der Kompositionen der Schönberg-Schule setzte, und deren Repräsentanten innerhalb Jonkes Werk eine so prominente Position einnehmen. Rudolf Streichquartett führt die Genealogie jener schillernden Musikerfiguren bei Jonke fort, die in ihrer suizidalen Existenz wie auch in ihrer ästhetischen Kompromißlosigkeit am Rande des Abgrundes balancieren – geniale Kopfmusiker in der Nachfolge von E.T.A. Hoffmanns Kapellmeister Kreisler, denen jegliche Fixierung ihrer Klangwelten bereits als Korrumpierung musikalischer Wahrheit erscheint. Allesamt Charaktere also, die mehr innerhalb als außerhalb der Musik beheimatet sind, Zufluchtsort und Klangkäfig zugleich, der sie von allen sozialen Verbindungen abschneidet und isoliert. Dementsprechend ambivalent gestaltet sich auch Rudolfs Genie, der in seinem Kopf alle vor dem Verschwinden bedrohten Streichquartette der Musikgeschichte gespeichert hat, eine Welt, in der er gleichermaßen lebt wie überlebt, aber auch darin zu verschwinden droht. Davor bewahrt ihn der Dirigent, der an diesem Abend auf seine Talente als Tonmeister angewiesen ist, denn es geht um nichts geringeres, als die »Seele der Symphonie« aufzuzeichnen, wofür allerdings das Orchester benötigt wird, das sich in letzter Minute unter Führung des Konzertmeisters auch einfindet, um gemeinsam mit dem Horchorchester jenes musikalische ›Ding an sich‹ an die akustische Oberfläche zu locken, was selbstverständlich ohne Betätigung der Instrumente gelingt: »Man hört von den Instrumenten der Orchestermusiker, die [...] von ihren Musikern nicht betrieben, sondern in Ruhestellung gehalten werden, Klänge: Obertöne, etwas klarsichtig Durchscheinendes, wie von der anderen Seite der Welt herübertönend, nie lächerlich, aber durchaus selbstironisch. [...] Und vielleicht sieht man auch irgend etwas, oder vielleicht doch nicht.« Mit einem Augenzwinkern wird hier noch einmal der Zauber der romantischen Musikphilosophie beschworen, der allerdings für Jonke nur noch mit den Mitteln des Humors in unsere Zeit herüberzuretten ist, indem er die metaphysischen Gehalte einem Lachen ausliefert, das zugleich ihren radikalen Kunstanspruch bewahrt. Wie aus E.T.A. Hoffmanns fernem ›Geisterreich des Unendlichen‹ klingt die »Seele der Symphonie« zu uns herüber, diesmal jedoch mit modernster Medientechnologie festgehalten: »eine CD, für's Familienalbum sozusagen«. Und wie im Märchen entfliehen anschließend Dirigent und Orchester vor der herantosenden Flutwelle und einer musikalischen Unkultur – allerdings nicht ›auf leichten Kähnen‹, sondern im Flugzeug nach Spitzbergen, um am Polarkreis eine neue Exilheimat für die Musik zu finden. So sehr die Wirklichkeit von Jonkes Kunst für die

Möglichkeit des Möglichen zeugt, so sehr kennt sie auch deren barbarische Kehrseite, die am Ende der *Chorphantasie* steht und schon seinen romantischen Brüdern und Schwestern bestens vertraut war: »Ein einziger Schrei (der sich bis) in die Unendlichkeit fortsetzt.«

Dieses Buch erscheint in Kooperation mit
Graz 2003 Kulturhauptstadt Europas

Layout + Satz: AD
Umschlaggestaltung: & Co
unter Verwendung einer Manuskriptseite des Autors

Herstellung: Druckerei Theiss GmbH, A-9431 St. Stefan

ISBN 3-85420-627-5
Von diesem Buch gibt es 10 vom Autor individuell gestaltete
Vorzugsausgaben (ISBN 3-85420-628-3)

Literaturverlag Droschl A-8010 Graz Alberstraße 18
www.droschl.com